怪盗探偵山猫

深紅の虎

神永 学

角川文庫
22708

The Mysterious Thief Detective "YAMANEKO"

Manabu Kaminaga

The first night

一日目

夜

1

——最悪だ！

勝村英男《かつむらひでお》は、死にものぐるいで階段を駆け下りていた。

普段から運動不足で、短距離、長距離問わず、走ることにはてんで自信がない。

息は上がるし、足はもつれて幾度となく転倒しそうになったが、それでも走り続けた。振り返ると、強面《こわもて》の警備員二人が追いかけて来ている。

もし、捕まるようなことがあれば、もはや言い逃れはできない。勝村の人生はバッドエンドを迎えることになる。

何としても、逃げ切らなければならない。

勝村は、階段の途中にあった消火器を手に取ると、栓を抜いて後方に放り投げた。

勢いよく、消火剤がぶちまけられる。

いい具合に目くらましになり、追いかけて来る警備員を足止めすることができた。

勝村は、この隙を突いて一気に駆け下りようとしたが、見事に階段を踏み外した。

気付いたときには、階段を転げ落ちていた。

痛みで、思うように動けない。

——どうして、こんな目に遭わなきゃならないんだ。

と、今さら嘆いてみても手遅れだ。

勝村は、何とか起き上がる。後方を確認すると、警備員たちは、まだ階段で右往左往していた。

痛みを堪《こら》えながら、勝村は再び走り出した。

階段室のドアを開け、廊下に出たところで、エントランスが見えた。あの先にあるガラス張りの自動扉を抜ければ、道路に出ることができる。

計画では、そこで迎えの車にピックアップしてもらうことになっている。

——来た！

勝村を待ち構えていたようなタイミングで、ビルの前の道路に、車が走って来て急停止した。

「嘘だろ！」

勝村は、思わず声を上げながら慌てて足を止めた。

停止した車には、赤色灯が付いていた。あれは、警察の覆面車輌《しゃりょう》だ。しかも、車から降りて来たのは、勝村の知っている人物——大学の先輩で、現職の刑事である霧島《きりしま》さくらだった。

よりにもよって、一番見つかりたくない人だ。

勝村は、エントランスを抜けることを諦《あきら》めた。とはいうものの、他に逃げ道はない。

――ヤバい！

〈エレベーターに乗れ〉

完全にパニックに陥った勝村の耳に、声が聞こえた。

直接、話しかけられたわけではない。無線機につないだイヤホンマイクから聞こえてきたものだ。

「エレベーターって、本気か？」

〈もちろん本気だ。エレベーターで、ビルの最上階まで上がれ〉

「冗談だろ」

やっとの思いで、階段を使って一階まで下りて来たというのに、また最上階に戻れというのか。

これまでの苦労が水の泡だ。

〈本気だ〉

「だけど、そんなことしたら……」

この状況で、エレベーターになど乗れば、それこそ逃げ道を失うことになる。

〈ごちゃごちゃ言ってねぇで、さっさとやれ。そんなところに突っ立ってたら、捕ま

っちまうぞ〉

笑いを含んだ声が返ってきた。

色々と言いたいことはあるが、ここにいたら警察に捕まるのは目に見えている。一か八か、指示に従うしかない。

勝村は、踵《きびす》を返すとエレベーターに向かって駆け出した。

「待ちなさい！」

鋭く制止する声が響いたが、勝村は足を止めることなくエレベーターに飛び込む。顔を隠すようにしながら、最上階のボタンを押し、扉を閉めた。

ウィンチを巻き上げる音とともに、エレベーターが上昇を始める。

勝村はエレベーターの壁に背中をつけて、ふうっと息を吐いた。

――本当に最悪だ。

勝村は、出版社に勤務する雑誌記者であり、至って善良な市民だ。それが、こうやって警察に追われる羽目になっている。

こうなったのは、全部あの男――山猫《やまねこ》のせいだ。

2

さくらは、ビルの前で車を急停止させると、勢いよく運転席から飛び出した。

「不用意に飛び込むな」

上司である関本《せきもと》が、鋭く言い放つ。さくらは、辛うじて自制を保ち、足を止める。

自分たちが今追っているのは、ただの窃盗犯ではない。

悪党から金を盗み、ついでにその悪事を暴く、現代の義賊を気取った希代の窃盗犯――山猫だ。

これまで、警察は山猫に散々痛い目に遭わされてきた。

関本の言うように、不用意に飛び込めば、どんな罠《わな》が待ち構えているか分かったものではない。

裏口は、すでに他の刑事たちによって塞《ふさ》がれている。

山猫をビルに閉じ込めた状態だ。余計な焦りは、思わぬ失敗を生むことにもなりかねない。

すぐに、もう一台覆面車輛が到着し、二人の刑事がさくらと関本に合流する。

「よし。行くぞ」

四人になったところで、関本が目配せをしながら言う。

お互いに頷《うなず》き合ってから、慎重にエントランスの自動扉を潜った。

——あっ！

エレベーターに向かって、走って行く人影が目に入った。

二人の刑事をエントランスに残し、さくらと関本とで、その背中を追いかける。

「待ちなさい！」

さくらの制止など耳に届いていないのか、その人影はエレベーターに乗り込む。

必死に駆け寄ったが、間に合わなかった。エレベーターは、上昇してしまった。悔しさで、思わず床を蹴《け》る。

「落ち着け。上に行ったところで、逃げ道はない」

関本の言葉に、「そうですね……」と同意しかけたさくらだったが、慌ててそれを呑《の》み込んだ。

——違う。

「おそらく、山猫は屋上に逃げ道を確保しています」

さくらが早口に言うと、関本が「何？」と表情を曇らせる。

迂闊《うかつ》だった。山猫が盗みに入る——という匿名のタレ込みがあったのは、今から十五分前のことだ。

突然、飛び込んできた山猫逮捕の千載一遇のチャンスに、慌ててしまっていたようだ。

「どういうことだ？」

関本が聞き返してくる。

「これまでもそうでした。屋上からの逃亡は、山猫の十八番《おはこ》です」

さくらは、苛立《いらだ》ちを噛《か》み締めながら言った。

屋上からワイヤーを使い、隣のビルに移動する手は以前に何度も使っている。山猫の常套《じようとう》手段だ。

関本も、ようやくそのことに思い至ったらしく、無線を使い、裏口に回っている部下たちに、近隣のビルも警戒するように指示を飛ばす。

「おれたちは、行くぞ」

関本が、もう一台あるエレベーターに乗り込んだ。

「しかし……」

エレベーターで追いかけたところで、別のビルに逃げられたのでは意味がない。それより、近接するビルに向かった方がいい。

「おれたちが追わなきゃ、奴はこっちの意図を見抜くぞ」

まさにその通りだ。

山猫は、勘の鋭い男だ。こちらが、山猫の罠にかかったふりをしなければ、怪しんで別の行動を選択するに違いない。

「分かりました」

さくらは、関本のあとに続いてエレベーターに乗り込んだ。

「一応、弾を確認しておけ」

関本に言われ、さくらは、ホルスターからリボルバーを取り出し、回転チャンバーに弾が装塡《そうてん》されていることを確認してから、グリップを両手で握った。

できれば、拳銃《けんじゅう》を使用するような事態だけは避けたい。

さくらは緊張を逸《そ》らすように、エレベーターの天井に目を向けた。

明日は、勝村とレストランで食事をする約束になっている。久しぶりなので楽しみにしていたが、状況によってはキャンセルすることになるだろう。

——こんなことを考えている場合ではない。

頭《かぶり》を振って気持ちを切り替えた。

3

勝村は、最上階に到着したところで、慎重に辺りを確認してからエレベーターを降りた。

〈ビクビクしてんじゃねぇよ〉

イヤホンマイクから、再び山猫の声が聞こえた。

どこに隠れているのか分からないが、向こうからは、勝村の姿が見えているようだ。

「ビクビクもするだろ。こっちは、お前のせいで、散々な目に遭ってるんだ」

勝村の反論を、山猫がハハッと笑い飛ばした。

〈まるで、おれが悪いみたいな言い方じゃねぇか〉

「だってそうだろ」

勝村は、山猫の立てた計画に、駒として参加させられたせいで、こうなっている。

どう考えても山猫のせいだ。

〈システム開発会社の不正を暴きたいって言ったのは、どこのどいつだ？〉

「それは……」

そこを突かれると痛い。

勝村が今いるのは、ビルドという会社のビルだ。

ビルドは、表向きは、システム開発などをメインに行っている会社だ。最大手の通信会社のシステム開発などにも携わっている。

従業員数は五百人を超え、十期連続黒字の優良企業だ。

だが、その裏で、自社で開発したアプリに予《あらかじ》め特殊なプログラムを組み込み、本人の気付かないうちに個人情報を抜き取っているという噂が、ネット掲示板などに書き込まれていた。

もしそれが事実なら、由々しき事態だ。早速、記事にするべく編集長に交渉したのだが、あっさり却下された。

現段階では噂のレベルに過ぎず、確たる証拠が一つもないのだから、記事にはできないという。

では、証拠を集めれば記事にしてくれるかと問うと、売上に貢献しない記事を載せるスペースはないと切り捨てられた。

社会派の記事を拾っている暇があったら、著名人のスキャンダルを集めろ——とまで言われた。

編集長の言葉を借りれば、時代は不倫らしい。

確かに昨今は、不倫に対して世間が過剰に反応する風潮がある。たかがゴシップなのに、世間は目くじらを立てて、ネットで叩《たた》きまくる。それは、さながらリンチのようだ。

裏を返せば、それだけ反応があるということは、商売になるということだ。

そこにジャーナリズムは存在しない。出版不況で厳しい状態であるのは分かるが、目先の数字に逃げた結果がどうなるかは、未来が証明するだろう。

と、出版界の展望はさておき、勝村はそのことを、下北沢《しもきたざわ》にある馴染《なじ》みのバー〈STRAY CAT〉で愚痴った。

勝村の話を聞き終えたあと、バーのマスターが、ジャックダニエルの入ったグラスを揺らしながら言った。

「だったら、おれがその不正を暴いてやってもいいぜ――」

ただのバーのマスターなら、酔った勢いの冗談だろうが、〈STRAY CAT〉のマスターは違う。

なぜなら、彼こそが世間を騒がす神出鬼没の窃盗犯――山猫だからだ。

そのあと勝村は、山猫の口車に乗せられ、彼の片棒を担がされることになり、こうして逃げ回っているというわけだ。

勝村自身が蒔《ま》いた種だということは認めるが、今の状況に納得しているわけじゃない。

「簡単な仕事を手伝うだけだって言ったじゃないか。こんなことになるなんて聞いてない」

勝村が抗議すると、また笑い声が返ってきた。

〈簡単な仕事をミスったのは、お前だろうが〉

「むっ！」

　また、痛いところを突いてくる。

　確かに、勝村が追い回されることになったのは、不注意から警備員に見つかるという初歩的なミスを犯したからだ。

「ぼくは、素人なんだ。仕方ないだろ」

〈開き直るんじゃねぇよ〉

「別に、開き直ってるんじゃない。どうにかしてくれって言ってるんだ」

〈ずいぶん、上からものを言うな。このまま見捨ててもいいんだぞ〉

「そんなことしたら、警察に洗いざらい喋《しゃべ》るぞ」

〈別に、おれは構わねぇよ〉

「は？」

〈お前はおれの何を知ってるんだ？〉

　反論したいのは山々だが、言葉が出てこなかった。

　指摘された通り、勝村は山猫の情報をほとんどと言っていいほど知らない。

　山猫は変装の達人だ。特殊メイクを使用して、全くの別人に成り済ますこともある。

　普段、勝村に見せている顔も、おそらく素顔ではないだろう。本名を聞いたこともないし、出身地はおろか、年齢ですら定かではない。山猫が、実は日本人ではないと言われたとしても、大して驚かない。

つまり、勝村が警察で話せることと言ったら、下北沢のバー〈ＳＴＲＡＹ　ＣＡＴ〉のことくらいだ。

それも、勝村が捕まると同時に引き払い、姿を消してしまうだろう。

幾度となく事件をともにしながら、山猫のことを何一つ知らないという事実に、改めて愕然《がくぜん》とした。

「卑怯《ひきょう》者」

勝村は、そう罵《ののし》るのが精一杯だった。

〈おれは窃盗犯だ。卑怯なのは、百も承知だ〉

――そりゃそうだ。

「本当に嫌な奴」

〈まあいい。今回は、特別におれ様が、助けてやろう〉

「それは、ありがたい。ぜひ、そうしてもらいたいね」

上から目線なのが腹立たしいが、哀しいかな、今は山猫に頼るしかない。

〈いいか。今から言うことを、しっかりと聞け。ミスれば命はねぇぞ――〉

山猫が低いトーンで言った。

この感じ。単なる脅しではないだろう。勝村は、ゴクリと喉《のど》を鳴らしてから「分かった」と頷くしかなかった――。

4

さくらは、周囲を警戒しながら、素速くエレベーターを降りた。

山猫の姿は見えない――。

だが、慌てる必要はない。山猫は間違いなく屋上にいるはずだ。

さくらは、関本と頷き合ってから、廊下を進み、屋上へと通じる非常用の階段を慎重に、かつ迅速に駆け上がって行く。

階段の突き当たりに、屋上に出る為のドアがあった。ドア自体は閉まっているが、鍵穴《かぎあな》が破壊されている。

やはり、山猫はこのドアの向こうだ。

さくらは、関本に目線で合図を送りつつ、ドアノブに手をかける。

タイミングを取り、一気にドアを押し開けると、拳銃を構えて屋上に飛び出した。

「動かないで！」

さくらは、鋭く叫んだ。

予想した通りだった。屋上の縁のところに、一人の男が背中を向けたまま立っているのが確認できた。おそらくは山猫だ。

山猫は、ハンググライダーを背負っている。

そのままビルの外に飛び出し、ハンググライダーで逃げようとしているらしい。

「そこから飛ぶのは、自殺行為よ」

さくらは、忠告のつもりで言った。

ハンググライダーを使って、飛んで逃げるというのは、正直、いい選択とはいえない。

丘からであれば有効だろうが、都心のビル街となると、話は別だ。こんなところから飛べば、ビル風に煽《あお》られて失速するか、はたまた別のビルに激突して墜落することだって考えられる。

「生憎《あいにく》、自殺する趣味はない」

山猫が背中を向けたまま、いかにもふざけた調子で返してくる。

「だったら、逃亡は止めて、大人しく投降しなさい」

「嫌だね。おれは、勝算があるから、ここから飛ぶんだよ」

山猫の声は自信に満ちていた。

はったりではない。山猫は、本気でハンググライダーで飛ぶつもりだ。

関本が、無線機を使って小声で現在の状況を伝え、別動隊に対策を講じるように指示を飛ばす。

「無駄なことは止めなさい」

　さくらが声を張ると、山猫の笑い声が返ってきた。

「無駄なことをしているのは、あんたの方だろ」

「え？」

「時間稼ぎをしようっていうんだろ。その隙に、おれ様の乗ったハンググライダーを追跡する手はずを整えている。違うか？」

　──図星だ。

　だが、素直に認めるほど愚かではない。

「あなたも甘いわね。時間稼ぎをするまでもないわ。私は、あなたに銃口を向けているのよ」

「あんたは撃てない」

「どうして、そうだと決めつけるの？」

「理由は簡単だ。あんたが、警察官だからだ。日本の警察官は、相手が悪党だったとしても、引き金を引くことはできない。まして、おれは丸腰で背中を向けているんだぜ」

「知らなかった？　最近の警察官は、犯人を逃がすくらいなら、引き金を引くわ」

「怖い時代だねぇ」

山猫が嘆くのと同時に、コロコロッとさくらの足許《あしもと》に、何かが転がって来た。

円筒形の金属の缶だった。

――しまった。

思ったときには遅かった。ボンッという破裂音とともに、円筒形の缶から勢いよく白煙が噴き出した。

またしても、初歩的な手に引っかかってしまった。

スモークグレネードやスタングレネードを使って、目くらましをするのも、山猫の常套手段だった。

拳銃の引き金を引こうにも、真っ白になった視界の中では、どうすることもできない。

さくらは、幾度となく噎《む》せ返りながらも、手を振って煙を払う。

ようやく視界が開けたときには、案の定、さっきまでの場所に、山猫の姿はなかった。

ビルの縁に駆け寄り、夜の街に目を向けると、ゆらゆらと不安定に揺れながらも、ハンググライダーが飛んでいるのが見えた。

〈こぉのぉおぉぞらぁにぃ～翼をぅひぃぃろぉげぇ～〉

地団駄を踏むさくらを嘲笑《あざわら》うように、調子外れの山猫の歌が聞こえた。

「あの野郎……。ハンググライダーの位置は把握しているか？　よし！　絶対に逃がすなよ！」

関本が、無線を使って地上にいる部下たちに指示を飛ばす。

さくらは、遠ざかって行くハンググライダーを呆然《ぼうぜん》と見送るしかなかった。

「後手に回ったな」

関本が、呟《つぶや》くように言った。

「そうですね……」

さくらは、同意の返事をしながらも、別の感想を抱いていた。

出遅れたのではない。自分たちは、ことを急ぎ過ぎたのだ。山猫を逮捕する千載一遇のチャンスだと突っ走り過ぎた。

山猫を捕らえる為には、目の前にぶら下がった餌に、猟犬のように後先考えずに突進するばかりでは意味がない。

もっと冷静に状況を判断し、慎重に追い詰めなければならない。

さくらが考えを巡らしている間に、飛んでいるハンググライダーに異変が起きた。

風に煽られたのか、急に左に旋回し始めたかと思うと、そのままビルに激突して、真っ逆さまに、アスファルトの道路に落下した。

「落下地点に急げ！」

関本が声を張る。

すぐに、落下したと思われる地点に、警察車輌が群がった。

「山猫はいたのか？」

関本が早口に問う。

無線から入る報告に耳を傾けていた関本の顔が、みるみる青ざめていくのが分かった。

「どうしたんですか？」

さくらは、すっかり落胆している関本に問う。

「やられたよ……」

関本は、力なく答えた。

「どういうことです？」

「ハンググライダーに、人は乗っていなかったそうだ。人形とスピーカーが取り付けられていただけらしい」

さくらは、愕然とした。

つまり、さくらが話していた人影は、山猫本人ではなく人形だった。スピーカーを取り付け、あたかも喋っているように見せかけていたというわけだ。

時間稼ぎをしていたのは自分たちのつもりでいたが、実は山猫の方だった。

屋上に追い詰めたと思わせ、警察の目をハンググライダーに引き付けることで、警備の隙を生じさせ、逃げ出したのだろう。

「山猫……」

さくらは、怒りとともに吐き出した。

5

秘書から報告を受けた落合昇《おちあいのぼる》は、自宅の書斎にある椅子に凭《もた》れ、天井を見上げた。

「何てことだ……」

虚脱感に包まれる。

まさか、自分の会社が山猫に狙われるなど、思いも寄らなかった。怒りもあるが、それよりも、落合を包み込んでいたのは焦燥感だ。

山猫がただの窃盗犯なら、問題ない。金庫に入っている金程度なら、幾らでもくれてやる。

問題は、山猫が盗みに入る相手の悪事を暴くという点だ。

落合には後ろ暗いところがある。自社開発したアプリで個人情報を不正に入手し、それを転売している。だが、それは氷山の一角に過ぎない。

落合には、もっと暴かれたくないものがある。

もし、あの事実が世間に知られるようなことになれば、落合はもう終わりだ。それは、単に会社経営者としての終わりではなく、自らの命の終焉《しゅうえん》を意味する。

——何とかしなければ。

そう思うのだが、焦りが募るばかりで、具体的な方策が何一つ思いつかない。

苛立ちに任せて、ドンッとデスクを叩いたところで、スマートフォンが着信を告げた。表示された名前を見てぎょっとなる。

このタイミングで、電話に出ることは躊躇《ためら》われた。

言われることなど分かりきっている。だが、このまま放置するわけにもいかない。

「はい。落合です」

落合は、額の汗を拭《ぬぐ》ってからスマートフォンを取り上げた。

〈ビルドが、山猫に狙われたという情報が入っています〉

電話の相手は、名乗ることもなくそう告げた。

口調は丁寧なのだが、そこには、有無を言わさぬ圧があった。

「はい。そのようです」

〈ようです？　あなたは、まだ詳細な情報を摑《つか》んではいないのですか？〉

電話の相手が問い質《ただ》す。

「いえ。その……私も、先ほど連絡を受けたばかりで……」

〈山猫は、盗みに入った相手の悪事を暴くと言われています。まさかとは思いますが、例の一件が漏れたということはありませんよね？〉

電話の相手の念押しに、すぐに返事をすることができなかった。

「いや……あの……」

〈もし、あの情報が漏れれば、あなたは無事では済みませんよ〉

落合は、その言葉に肝を冷やした。

単なる脅しではないと分かるからだ。もし、今回の件で、秘密が露見するようなことになれば、落合は間違いなく消される。

それも、目を覆いたくなるような残虐な方法で、たっぷりともがき苦しんでから——。

冗談ではない。

「分かっております」

〈分かっているのでしたら、さっさと対策を講じなさい〉

「し、しかし……」

〈警察には、こちらから圧力をかけておきます。あなたは、山猫の対処をしなさい〉

命令を最後に電話が切れた。

警察の方を抑えてくれるのであれば、まだ見込みはある。落合が、ほっと胸を撫《な》で下ろしたところで、ドアをノックする音がした。

「入れ」

落合が答えると、屈強な男が二人、部屋に入って来た。

大塚《おおつか》と山崎《やまざき》だ。名目は、落合の会社の従業員だが、実質は暴力が必要な案件の対応をさせている。

「山猫の件は知っているな」

落合が問うと、二人は揃って頷いた。

「どんな手を使っても構わない。山猫を見つけ出し、ここに連れて来い」

落合が興奮気味に指示を飛ばす。

「分かりました」

目に、獰猛《どうもう》な光を宿した大塚と山崎は、すぐに落合に背中を向けた。

彼らが部屋を出て行こうとしたとき、別の男が部屋に押し入って来た。

肩までかかる長い髪に、浅黒い肌をした男だった。型崩れした黒いスーツに、皺《しわ》の寄った白いワイシャツ。

徹夜で呑みあかしたホストのような風貌《ふうぼう》だ。

「何だお前は？　どこから入った？」

「さっさと出て行け！」

大塚と山崎が、黒いスーツの男を追い払おうと突っかかる。

一瞬、黒いスーツの男の目が鋭く光った。

その直後大塚が「ぐがぁ！」と悲鳴を上げ、目を押さえて蹲《うずくま》った。

何が起きたのかすぐには分からなかった。

よく見ると、大塚の左目からは、ボタボタと血が流れ落ちていた。そして、黒いスーツの男の右手の人差し指と中指が、同じように血で染まっていた。

どうやら、指で目を抉《えぐ》られたらしい。

「貴様！」

山崎が、腰に差してあったコンバットナイフを抜く。

しかし、それを構える前に、黒いスーツの男にナイフを持つ右手の親指をへし折られ、逆にナイフを奪われてしまった。

黒いスーツの男は、奪ったナイフを、山崎の右の太ももに突き刺す。それで終わりではなかった。

すぐにナイフを引き抜き、左肩、右肩と立て続けにナイフを突き立てる。

堪《たま》らず倒れ込んだ山崎の顔面を、爪先《つまさき》で蹴り上げた。

「この野郎！」

大塚が、左目を押さえながらも、拳銃を抜いて構えた。

黒いスーツの男は、それに臆《おく》することなく、拳銃を持つ手を外に払うようにして大塚の懐に飛び込むと、その喉を指で突いた。

大塚は、息が止まったらしく、苦しそうに跪《ひざまず》く。

黒いスーツの男は、素速く大塚から拳銃を奪い取ると、容赦なく大塚の左肩を撃ち抜いた。

暴力の嵐は、十秒と経たずに終焉した。

何より異様なのは、その間、黒いスーツの男が一切の感情を排除していたことだ。怒りも興奮もなく、機械のように淡々と二人の男を無力化したのだ。

「残念だが、この二人では、山猫を捕らえることはできない」

男が低く唸《うな》るような声で言った。

「だ、誰だ！」

落合は、身構えながら叫ぶ。

男は歩み寄ってくると、ずいっと身を乗り出すようにして落合を見た。底のない穴のような目だった。

落合は、その視線から逃れるように目を逸らした。その結果として、倒れている二人の男が再び視界に入った。

二人は、倒れたままピクリとも動かない。生きているのか、死んでいるのかも定かではない。

「あんたと、取引がしたい」

男が言った。

「取引──だと？」

「そうだ。あんたたちは、今困っている。その原因は、こいつだろ──」

男は、そう言うとくしゃくしゃになった一枚の紙を、ポケットから取り出し、落合に投げて寄越《よこ》した。

そこには、次のような一文が書かれていた──。

〈システム開発会社ビルドは、個人情報を不正に流出させ、金儲《かねもう》けをしている。罰として金庫の金を頂くことにした。

山猫〉

「こ、これは……」

「あんたの会社の金庫の扉に貼り付けてあった。ついでに、これも──」

男は、ＵＳＢメモリーをデスクの上に置いた。

「これを、買い取れ──そういうことか？」

落合が問いかけると、男にぐいっと襟首を摑まれた。

強烈な力に、為《な》す術《すべ》もなかった。

「分かっていないな。それでは、取引ではなく恐喝だ」

「…………」

「おれは、ビジネスの話をしている。ウィンウィンでなければ、ビジネスではない。言っている意味は分かるか？」

「わ、分かった。そっちの望みは何だ？」

訊《たず》ねると、男はすっと手を離し、落合の乱れたスーツの襟を正す。

「山猫を捕らえてやってもいい」

男は、わずかに目を細めながら言った。

「山猫を？」

「そうだ。山猫とは、古い因縁があってね。いつかは、決着を付けなければならないと思っていた。あんたたちも、これからの計画を考えると、山猫の存在は邪魔になる。ここで、お互いの利害が合致する。ウィンウィンの関係だよ」

能書きを垂れてはいるが、要は金ということなのだろう。

「幾らだ？」

「欲しいのは金ではない。言っている意味は分かるかな？」

この口ぶり――。

男は、いったいどこまで知っているのだろう。

「お前はいったい……」

男は襟から手を離したかと思うと、今度は落合の喉頸《のどくび》を摑んだ。

強烈な絞め上げに、息をすることができない。

「深紅《しんく》の虎《とら》――」

男が名乗った。

その瞬間、落合の身体を恐怖が駆け巡った。

深紅の虎の噂は聞いたことがある。アジア圏を中心に、裏社会で暗躍する男の名だ。

金さえ貰《もら》えば、盗み、誘拐、破壊工作、殺人――何でも平然とやってのける裏社会の便利屋という噂だ。

かつては、単に虎と呼ばれていたが、残忍で容赦のないやり口から、血に塗《まみ》れているという意味を込めて、深紅の虎――と呼ばれるようになった。

噂では、これまで百人以上の人間を殺しているということだ。

いわゆる都市伝説のようなものだと思っていたが、この状況を見て、信じざるを得ない。

深紅の虎の存在を――。

The second night

二日目

夜

1

――本当に散々な目に遭った。

勝村は、昨晩の出来事を思い浮かべ、半ばうんざりしながらも、下北沢にあるバー〈STRAY　CAT〉の前に立った。

ふうっと一つ息を吐いてから、装飾の施された重厚感のある扉を押し開けた。

扉に取り付けられた鐘が、カラン――と鳴る。

カウンター席と、テーブル席が一つあるだけの狭い店内だが、ムーディーで暖かみのある間接照明と、微《かす》かに流れるジャズの調べが心地いい。

カウンターの奥にいるマスターは、勝村が入って来たことに気付いているはずなのに、不機嫌そうな顔で、煙草をくゆらせている。

笑顔で「いらっしゃいませ――」と挨拶《あいさつ》しろとは言わないが、「おう」とか、「来たのか」くらいの反応があっても良いはずだ。

まあ、そんなことを期待すること自体が、間違っているのかもしれない。

いつものように、カウンターのスツールに腰掛けようとしたが、開店休業状態の店内に、珍しく客がいるのが目に入った。

カウンターの一番奥の席で、背中を丸め、グラスに入ったウィスキーをちびちびと呑《の》んでいる。

間接照明のせいで、顔ははっきり見えないが、異様に暗い空気をまとった男だった。

勝村が、スツールに腰掛けようとすると、逃げるように立ち上がった。

「チェック」

男は、低い声でぼそりと言う。

「今日は、おれの奢《おご》りだ」

マスターが、無表情に答える。

グラマラスな美女ならともかく、マスターが男に酒を奢るなど滅多にない。

「いや。払う。借りは作りたくない」

男の言葉に、マスターがふっと笑みを零《こぼ》した。

「恰好《かっこう》つけるなよ。借りなら、もう作ってるだろ」

男は、「それも、そうだな」と呟《つぶや》くように言うと、出しかけた財布を仕舞い、カウンターに背を向け、勝村と対面した。

目が合った――。

雰囲気に負けず劣らず、暗い目をしていた。

男は、勝村に黙礼をすると、そのまま出入り口に向かい、扉に付いた鐘を鳴らして出て行った。

「何を呆《ほう》けてやがる」

マスターが、吐き捨てるように言う。

勝村は、はっと我に返り、スツールに腰掛けた。

マスターは、冷凍庫から氷を取り出し、アイスピックでそれを適度な大きさに砕いて、グラスに放り込む。

次いで、背面の壁にある酒棚に向き直ると、数百本ある酒瓶の中から、迷うことなくメーカーズマークをピックアップし、グラスに注ぎ、コースターと一緒に勝村の前に出した。

何も言わずとも、いつもの酒を出してくるのはさすがだ。

「さっきの人は、知り合い？」

勝村は、メーカーズマークを一口呑んだところで訊《たず》ねてみた。

マスターが、酒を奢るのだから、一見《いちげん》の客ということはないだろう。貸し借りの話をしていたところからも、深い関わりのある人物であることが窺《うかが》える。

「昔、色々とな」

「その色々を訊《き》いてるんだけど」

「お前は、女を束縛するタイプだな」

　マスターは、自分のグラスにジャックダニエルを注ぎながら言う。

「は？」

「そうやって、いちいち交友関係に口出しするような器の小さい男は、女に嫌われるぜ」

　マスターが、ウィスキーをぐいっと一息に呷《あお》る。

　別に束縛するつもりはない。というか、そもそもマスターは恋人ではない。話をすり替えて、誤魔化されたような気もするが、これ以上、追及したところで、どうせ何も答えてはくれないだろう。

　それより——。

「昨晩の件で、訊きたいことがあるんだけど」

　勝村は、ずいっと身を乗り出すようにして言う。

　目の前に立つマスターには裏の顔がある。彼こそが、神出鬼没の窃盗犯——山猫その人なのだ。

「何をそんなに目くじら立ててんだ？　ちゃんと助けてやっただろ」

　山猫は、優雅な手つきでマッチを擦って煙草に火を点《つ》ける。

　確かに、無事にあの窮地を脱することはできた。さくらたちが、屋上に仕掛けたハングライダーを背負った人形に気を取られている間に、勝村は予《あらかじ》め用意されていた警備員の制服に着替え、混乱に乗じてビルを抜け出したのだ。

自ら天才窃盗犯と称するだけあって、相手の裏をかく見事な脱出劇だったが、問題はそこではない。

「そうじゃなくて。どうして今回は、犯行声明を出さなかったんだ？」

勝村が引っかかっていたのはそこだ。

いつもの山猫なら、犯行声明文と一緒に、盗みに入った対象が行っている悪事の証拠を残していく。

義賊を気取っているわけではなく、警察の捜査を攪乱《かくらん》するのがその目的らしい。

これまで、それが功を奏したかどうかは定かではないが、山猫はこうして警察に捕まらずにいる。

ところが——。

昨晩、侵入したビルドには、山猫の犯行声明も、あの会社が行っていた個人情報転売の証拠も残されていなかった。

勝村が、山猫に協力したのは、金庫の金が欲しかったからではない。山猫にビルドが行っている悪事を暴いて欲しかったからだ。

それなのに、金だけ盗んで、肝心のものを残してこなかったとなると、勝村は何の為に協力したのか分からなくなる。

「残したさ――」

山猫は、ふうっと勝村に煙草の煙を吹きかけながら言った。

「でも、警察はそうしたものは残っていなかったって……」

噂の類《たぐ》いではなく、それが警察の公式見解だ。

「見落としたんじゃねぇのか？」

山猫が興味無さそうに言う。

「そんなわけないだろ」

勝村は、ムキになって反論する。

警察は徹底的に調べたはずだ。見落とすはずなどない。そもそも、山猫は犯行声明を目立つところに提示するではないか。

「デカい声を出すな。お前に言われなくても、そんなことは分かってる」

山猫は、グラスに新たなジャックダニエルを注ぐ。

「だったら……」

「いいか。冷静に考えれば分かるだろ。おれは、声明文と証拠を残した。だが、警察は、それを発見できていない。考えられる可能性は一つだ――」

山猫が、睨《にら》み付けるような視線を勝村に向ける。

――そういうことか。

勝村も、山猫が何を言わんとしているのか分かった。

「つまり誰かが、それを奪った――」

勝村が頭に浮かんだ可能性を口にすると、山猫は満足そうな笑みとともに頷《うなず》いた。

余裕を見せた態度だが、もしそうだとすると一大事だ。自分たちの昨晩の犯行を見ていた何者かが、存在するということになる。

「どうするんだ？　もし、そうだとしたらヤバいんじゃない？」

勝村は、焦りとともに口にした。

「そう騒ぐな。どこのどいつか知らないが、おれ様の邪魔をするとは、いい度胸してる。たっぷり後悔させてやるさ」

山猫は、グラスのジャックダニエルを呑み干すと、腕で口許《くちもと》を拭《ぬぐ》った。その顔は、愉《たの》しんでいるようにも見える。

「そんな余裕かまして大丈夫なのか？」

勝村が問うと、山猫がドンッと音を立ててグラスを置いた。

「おれ様を誰だと思ってんだ？」

「天才窃盗犯様――だろ」

「分かってんじゃねぇか」

山猫が、偉そうに胸を張る。

どうすれば、ここまで自信過剰になれるのか、ぜひご教示願いたいものだ。まあ、教えられたからといって、真似できるものでもないのだろうが——。

「それより、お前こそ、こんなとこで余裕かましてていいのか？」

山猫が、カウンターに肘《ひじ》を突きながら問いかけてくる。

「何が？」

「何が——じゃねぇよ。お前、今日はエロ刑事と会う約束があるだろ」

山猫の言うエロ刑事とは、さくらのことだ。

どうして山猫は、今日、勝村がさくらと会うことを知っているのか？　問いかけようとしたが、その前に腕時計を見てはっとなった。

あと十分で約束の時間だ。

勝村は、大慌てで支払いを済ませて、バーを飛び出した。

2

窓際のテーブル席に座ったさくらは、窓から見える東京の夜景をぼんやりと眺めていた。

煌《きら》びやかな光を見て、綺麗《きれい》などという感想は抱かない。

この光のどこかに、山猫がいる――。

それを思うと、腹の底から沸々と怒りが湧いてくる。

これまで、幾度となく山猫を取り逃がして来た。昨晩も、まんまと裏をかかれ、その逃亡を許してしまった。

金を盗むついでに、その悪事を暴く神出鬼没の窃盗犯――山猫。世間には、彼を現代の義賊と英雄視する向きもあるが、さくらはそんなことは絶対に認めない。

行動原理が何であれ、相手が誰であれ、山猫のやっていることは犯罪行為であることに変わりない。

警察官として、毒をもって毒を制す――といった考え方を容認するわけにはいかない。

「すみません！　だいぶ遅れちゃったみたいで――」

声に反応して顔を上げると、額に玉の汗を浮かべながら、肩で息をする勝村が立っていた。

「遅い」

さくらは一喝する。

とはいえ、本気で怒っているわけではない。

時間に遅れたくらいで、腹を立てるほどヒステリックな性格ではない。

それでも、怒っているふりをしたのは、勝村に少しだけ意地悪をしたくなったからだ。

Ｓっ気があるわけではないのだが、困った顔をする勝村を見ていると、何だか萌《も》える。それこそが、Ｓっ気なのかもしれない。

「すみません……」

「本当は、悪いなんて思ってないでしょ」

「いや、そんなことは……」

「どうせ、面倒臭い先輩に、付き合わされてる――くらいに感じているんでしょ」

「まさか。楽しみにしていたんですよ」

勝村が眉《まゆ》を下げ、今にも泣き出しそうな顔になる。少し演技に熱が入り過ぎていたかもしれない。

「いいわ。今回だけは、許してあげる」

表情を緩めながら言うと、勝村はほっとしたらしく、向かいの席に座った。

勝村は、素直で自分の感情を隠せないタイプだ。

警察という殺伐とした職場の中で、常に緊張感を持ちながら、危険と隣り合わせの仕事をしていると、どうしても気疲れしてしまう。

そんなさくらにとって、勝村の存在は癒《い》やしでもあった。

だから、ときどき会いたくなる。

それが恋愛感情から来るものなのか、正直、さくらには未《いま》だに分からない。

いい大人なのだから、それくらい判断できそうなものだが、いくら経験を重ねたところで、実体が見えないのが恋というものだ。

「何がおかしいんですか？」

勝村に問いかけられ、さくらははっとなる。

知らず知らずのうちに、勝村の顔を見ながら、にやけてしまっていたようだ。「別に――」と素っ気なく言いつつ表情を引き締め直す。

「いい店ね――」

さくらは、店内を見回しながら話題を切り替えた。

店内の雰囲気を気に入ったのは事実だ。

高層階にありながら、吹き抜けの開放感のある造りに、暖かみのある木目を意識した調度品が、何とも趣深い。

「料理も絶品ですよ。この前、取材で食べて美味《おい》しかったんで、絶対にさくらさんを連れて来ようと思ったんです。ワインもお薦めがあります」

勝村が無邪気に言う。

やはり、勝村のこういう姿は、見ていて癒やされる。

「ごめん。今日はお酒は呑めないのよ。それに、あまりゆっくりもしていられないの」

今は、待機任務中なので、呼び出しがかかったら、すぐに駆けつけなければならない。アルコールを口にするのはＮＧだ。

「そうですか。山猫の件もありましたしね」

勝村は、納得したように頷く。

「そうなの」

「結局、まだ山猫の足取りは摑《つか》めず——ですか？」

「残念ながらね。ただ、昨晩の事件は、ちょっと引っかかる点があるの」

「犯行声明文と犯罪の証拠が残されていなかった——」

勝村が、先読みしたように言う。

さすが、雑誌の記者として山猫を追っているだけあって、そういう情報は早い。

「もしかしたら、あれは山猫の模倣犯かもしれない」

捜査本部としての見解というより、さくら個人の意見ではあるが、その可能性もあると踏んでいた。

「いや。昨晩の事件は、間違いなく山猫ですよ。別の第三者が介入して、彼が残した犯行声明文と犯罪の証拠を持ち去ったんだと思います」

勝村が、珍しく事件に関して弁舌を振るう。

「山猫の犯行だと断定する理由は何？」

さくらが聞き返すと、勝村の顔に途端に困惑の色が浮かぶ。

「いや、特に理由はないですけど、ただの勘ですよ。それより、注文しましょう」

勝村がメニューを差し出して来る。

その態度に、若干の違和を覚えながらも、さくらはメニューを手に取り、ウーロン茶を注文した。

食事の方は勝村に任せることにした。

勝村が、ウェイターに注文を告げているときに、スマートフォンに着信があった。

上司である関本からだった。

思わずため息が漏れそうになる。どうやら、呼び出しがかかってしまったようだ。

さくらは、「ちょっとごめん」と席を立ち、トイレに移動しながら電話に出た。

「霧島です」

〈拙《まず》いことになってるぞ〉

張り詰めた調子の関本の声が聞こえてきた。

「どうしました？」

さくらが問い返すと、わずかだが、関本が逡巡《しゅんじゅん》するような間を空けた。

が、やがて重い口調で切り出した。

〈さっき、警察に妙な画像が送られてきた〉

「画像ですか？」

〈そうだ。メールを使った匿名のタレ込みで、山猫の共犯者を撮影したとされる画像だ〉

「何ですって？」

これまで、山猫の事件において、複数の協力者が存在していることは分かっている。だが、誰一人として、その人物の特定ができていない。もし、本当に、山猫の共犯者が判明するのだとしたら、大きな収穫だ。

共犯者から、山猫を追い詰めることができるかもしれないのだ。

〈今からデータを送るから、まずは確認してみてくれ……〉

興奮を抱くさくらとは対照的に、関本は、どうにも歯切れが悪かった。理由を問い質《ただ》そうと思ったが、その画像というのを確認してからでもいいだろう。

「分かりました」

さくらは、そう応じて電話を切った。

しばらくして、スマートフォンに画像が添付されたメールが送られてきた。指でタップしてディスプレイに表示させる。

それを見た瞬間、さくらは、息が止まった。

昨晩、山猫の事件が起きた、ビルドのビルの前で撮影されたものだった。野次馬や警察車輛《しゃりょう》の脇を縫うように、俯《うつむ》き加減に歩く、警備服姿の男が写っていた。

何も知らない人が見れば、警備員がただ歩いていると思うだろう。だが、さくらは、そこに写っている人物を知っていた。

何かの間違いではないか？　そう思い、画像を拡大表示させてみた。疑いが晴れるどころか、より強いものに変わった。

そこに写っていたのは、どこからどう見ても勝村だった——。

合成写真ではなさそうだ。偶々《たまたま》、通りかかったところを、撮影されたのかもしれないとも思ったが、だとすると、その服装が不自然だ。

わざわざ、警備員の制服を着て、歩いている理由がない。そもそも、昨晩、現場にいたのなら、さくらにそのことを言わないのもおかしい。

関本の歯切れが悪かった理由を、今さらのように理解する。

勝村を信じたいが為に、都合の悪いことから目を背けていたのかもしれない。

——どうする？

迷いながらも、さくらは真っ直ぐ勝村が待つ席に戻った。

「もしかして、仕事ですか？」

勝村が、いつもと変わらぬ調子で問いかけてきた。

これまでさくらは、勝村は嘘が吐けないタイプだと思っていた。だが、今は自信が持てない。

「この写真に覚えはある？」

さくらは、スマートフォンのディスプレイを勝村に見えるように提示した。

勝村の顔が凍り付くのが分かった。

この反応で全てを悟った。おそらく、この写真は合成でも何でもなく、勝村本人ということだ。

まさか、勝村に手錠をかける日が来るとは、思ってもみなかった——。

3

犬井《いぬい》は、金庫を睨んだまま舌打ちをした——。

箪笥《たんす》ほどの大きさのある防火金庫だ。シリンダーキーの他に、テンキーと指紋認証まで付いたマルチロック式で、市販されている金庫の中では、最高クラスのセキュリティーだ。

にもかかわらず、扉は開け放たれ、中身はすっかり空になっていた。

昨晩、山猫はこの金庫の中に入っていた、三億円近い大金を盗んでいった。のみならず、鮮やかな手口で、駆けつけた警察官たちを嘲笑《あざわら》うように、現場から逃走した。

捜査本部は、例の如く必死になって山猫の行方を追っているが、犬井にはどうしても引っかかることがあった。

それは――。

今回の事件で、山猫が犯行声明を残していないことだ。

山猫が、盗みを働く相手は決まって悪党だけだ。

いつもなら、犯行声明と一緒に、盗みのターゲットがどんな悪事を働いていたのか、その証拠を残していくのだが、今回はそれがなかった。

捜査本部は、警察官が駆けつけたことで、山猫が犯行声明を残す暇がなかったと判断しているようだが、実に都合のいい解釈だと言わざるを得ない。

山猫は、独自のルールを持っている。

悪党からしか金を盗まないのも、犯行声明を残すのも、奴なりのルールによるものだ。

山猫は、警察が来たくらいで、慌てるような愚か者ではないし、自らに課したルールを破るような薄い男でもない。

仮に、何らかの事情で犯行声明が残せなかったとするなら、逆に金庫に金を残したままにしていたはずだ。

それが、山猫の流儀だといえる。

となると、犯行声明は、現場にあったと考えた方がいいだろう。警察が到着する前に、それを奪い去った何者かがいるということだ。

――面倒なことになった。

犬井は再び舌打ちをすると、金庫に背を向けて歩き出した。

廊下を歩き、エレベーターに乗り込み、壁に背中をつけて天井を見上げる。

今回の事件は、単に山猫が金を盗んだというだけに留《とど》まらない。山猫を陥れようとする、何者かが存在しているはずだ。

問題は、それが誰か――ということだ。

エレベーターを降りた犬井は、ビルのエントランスを抜け、考えを巡らせながら歩き続けた。

「おい！」

細い路地に入ったところで、声をかけられた。

目を向けると、一人の男が立っていた。

スカジャンにジーンズという、一昔前のゴロツキのような出《い》で立ちで、鼻にはガーゼが貼られていた。

「誰だ？」

犬井は、煙草に火を点けながら問う。

「まさか、この顔を忘れたんじゃねぇだろうな」

男が凄《すご》みを利かせながら言う。

忘れたも何も――。

「お前など知らん」

犬井が言い放つと、男の顔がみるみる紅潮していく。

「てめぇ……おれがそんな挑発に乗るとでも思ったのか？」

この男は何を言っている。

挑発したつもりなど毛頭ない。知らないから、知らないと答えたまでだ。

「この傷の礼は、きっちりさせてもらうぜ」

男が、鼻に貼られたガーゼに手をやった。

そこでようやく、犬井は「ああ」と納得した。思い出したのではない。この男が、なぜ犬井の前に現れたのか、何となく察しがついたからだ。

大方、捜査の過程で、犬井がヤキを入れた雑魚《ざこ》の中の一匹が、報復にやって来たというところだろう。

「観念しろ！」

男が、スカジャンのポケットから拳銃《けんじゅう》を抜いた。

形状はプラスチック拳銃のグロックに似ているが、見た目が酷《ひど》く安っぽい。最近、３Ｄプリンターを使った粗悪品の拳銃が出回っているらしいが、その類いだろう。

素手では勝ち目がないので、ネットで手に入れた拳銃を使って優位に立とうとしたといったところだろう。何とも浅はかな男だ。

構えからして、これまで拳銃を手にしたことがないに違いない。あれでトリガーを引いたところで、弾が当たるとは思えない。

「痛い思いをしたくなければ、さっさと拳銃を置いて立ち去れ」

犬井は煙を吐き出しながら言う。

「ずいぶんと、上からものを言うじゃねぇか。強がってんのか？」

――お喋《しゃべ》りな男だ。

犬井は、素速く男の懐に飛び込むと、拳銃を持つ右手を摑んで、そのまま捻《ひね》り上げる。

男が「ぎゃぁ！」と悲鳴を上げる。

だが、犬井は容赦せずに、力を入れて、その腕をへし折った。

男の手から拳銃が滑り落ちる。

犬井は、さらに男の腹を力一杯蹴《け》り上げた。

男は、その場に跪《ひざまず》いて嘔吐《おうと》した。

すでに男は戦意を喪失していたが、ここで終わりにしたら、また報復などという余計なことを考えるに違いない。

犬井は、男の髪を掴んで強引に立たせると、そのまま勢いよく雑居ビルの壁に叩《たた》き付ける。

ゴンッと鈍い音がした。

男の目から、さっきまでの威勢の良さが完全に消えていた。

「た、助けて下さい……」

男が震える声で懇願する。

「駄目だ」

犬井は、そう答えると、吸いさしの煙草を男の額に押しつけた。

「ひゃぁ！」

男が暴れたが、犬井は掴んだ髪を離さなかった。

「いいか。この程度で、音を上げるようなら、最初から報復なんて考えるんじゃない」

「……………」

「返事は？」

「は、はい」

男が頷くのと同時に、ガーゼの貼られたその鼻柱に、パンチをお見舞いしておいた。

白目を剥《む》き、意識を失った男が、ずるずると壁に沿って倒れた。

——無駄なことに時間を浪費した。

犬井が、新しい煙草に火を点けようとしたところで、ふと人の気配を感じた。

目を向けると、そこには知った顔の男が立っていた。

高橋《たかはし》という名の情報屋だ。

「相変わらず、容赦がないですね」

高橋が、笑いを押し殺したような声で言う。

「クズが」

犬井は、吐き捨てるように言いながら、煙草に火を点けた。

おそらく、倒れているこの男に、犬井の居場所を教えたのは、高橋だろう。以前、犬井を罠《わな》に嵌《は》めたことがあったので、耳を喰《く》い千切ってやった。そのことを未だに恨んでいるのかもしれない。

「今度は鼻を喰い千切ってやるか？」

犬井が問うと、高橋は大慌てで首を左右に振った。

「もう、旦那《だんな》には逆らいません」

「じゃあ何しに来た？」

「実は、面白いネタを仕入れたんで、旦那に教えてやろうと思って」

「また金をせびろうって腹か？」

「まさか。旦那に金がないことくらい分かってますよ」

「なら、どうして情報を渡そうとする？」

高橋のような男が、厚意だけで相手に情報を渡すはずがない。金でないなら、他に何かしらの目的があるはずだ。

「お礼です」

「お礼？」

「はい。旦那と知り合いってだけで、おれは結構、自由にやらせてもらってます。そのお礼みたいなものです」

胡散《うさん》臭い。何か裏がありそうだ。だが、敢《あ》えて高橋の話に乗ってみるのも手だ。

「で、その情報ってのは何だ？」

犬井が問うと、高橋はにいっと含みを持たせた笑みを浮かべた。

「山猫絡みです」

その呼び名に、犬井は過剰に反応した。

山猫とは、これまで幾度となく対峙《たいじ》して来たが、未だにその尻尾《しっぽ》が掴めないでいる。

犬井が山猫を追うのは、単に警察官だからということだけではない。

個人的に、山猫には幾つか借りがある。窃盗犯に借りを作ったままにするなど、犬井には耐え難いことだ。

何としても、奴を捕らえて清算しなければならない。

「どんな情報だ？」

犬井は、ずいっと高橋に詰め寄る。

「まず、これを見て下さい」

そう言って、高橋はスマートフォンを取り出すと、そこに一枚の画像を表示させた。

画像には、一人の男が写っていた。勝村という名の雑誌記者だ。犬井が、山猫の共犯者だと目している人物でもある。

その勝村が、警備員の制服を着て、ビルから出て来るところが写っている。

「昨晩、そこのビルドって会社の前で撮影されたもので、この男が、山猫の共犯者らしいです」

「だからどうした」

犬井は吐き捨てるように言った。

期待はしていなかったが、ろくでもない情報だった。勝村が山猫の共犯者などということは、こんな画像を見せられる前から、犬井には分かっている。

それでも、犬井が勝村を捕まえなかったのは、彼を山猫を誘《おび》き寄せる為の餌に使おうと考えていたからだ。

「おれも、別にこれだけだったら、わざわざ旦那のところに来たりはしません。そもそも、この画像は、警察にも送られているみたいですしね」

高橋が、肩を竦《すく》めるようにして言った。

「他に何がある？」

「この画像を撮ったのが、誰かってことです」

それは興味がある。

画像の解像度からして、通りすがりの人間が、偶々スマートフォンで撮影したという類いのものでないのは明らかだ。

何者かが、意図をもって撮影したはずだ。

状況から考えて、この画像を撮影した人物と、山猫の犯行声明を持ち去った人物はイコールである可能性が高い。

「誰か分かっているのか？」

「はっきりしたことは分かりません。ですが、ここ最近、山猫のことを嗅《か》ぎ回っている男がいるって噂があるんです」

「もったいつけずに、さっさと名前を言え」

「本名は分かりません」

「何？」

「深紅の虎――そう呼ばれている男だそうです」

――深紅の虎。

田舎の暴走族のチーム名みたいで、何とも安っぽい通り名だ。

「他に知っていることは？」

「知っているのは、それだけです」

「もういい。行け」

犬井は、高橋を追い払った。

もう少し、有益な情報が得られるかと思っていたが、今の話では分からないことだらけで、大して役には立たない。

だが――。

さっき、高橋が見せてきた画像が、捜査本部の手に渡っているのだとしたら厄介だ。即座に勝村を確保するという愚策を取りかねない。

今、勝村を捕らえたところで意味はない。奴は、並の男ではない。何も喋りはしないだろう。

だからこそ、あくまで、勝村は泳がせておかなければならない。

手を打っておいた方が良さそうだ。

犬井は、携帯電話を取り出し、登録されている番号に電話をかけた――。

4

勝村は、さくらがスマートフォンに表示させた画像を見て、思わず硬直した。

そこに写っていたのは、紛れもない自分の姿だったからだ。

ただの画像であれば、こんなにも慌てることはないが、警備員の制服を着て、ビルドのビルから出てくる自分自身の姿が写っていた。

昨晩の事件に関与していることを証明する一枚になっている。

現職の警察官で、山猫を追い続けてきたさくらからしてみれば、当然看過することのできない画像だ。

「あの……これは、違うんです」

勝村は慌てて口にしたが、上手《うま》くいかなかった。

否定するなら、もっと迅速に、かつ冷静にやるべきだった。おまけに、言葉を発する前に、顔が強張《こわば》ったのが自分でも分かった。

案の定、真っ直ぐに勝村に向けられたさくらの目から疑念が消えることはなかった。

それどころか、疑いは、さっきより強まったように感じる。

「何がどう違うのか、説明して――」

さくらが、ずいっと身を乗り出して来る。

――こんなはずじゃなかった。

勝村の中に、そんな思いが広がった。

今日は、さくらと久しぶりに食事をして、他愛もない話をするつもりだった。本当に、楽しみにしていたのだ。

天国から地獄に突き落とされた気分だ。

殺伐とした空気が伝播《でんぱ》したのか、レストランの他の客が、好奇に満ちた目で、勝村たちの方を見ている。

別れ話をこじらせているように見えるのかもしれないが、事態はさらに深刻だ。

「いや、これは、本当に違うんです……」

何とか絞り出したものの、これでは、何の釈明にもなっていない。

あまりに突然のことで、思考が追いついていないのだ。

「だから、何がどう違うのか、説明してと言っているの」

さくらが、さらに詰め寄って来る。

その目には、烈火の如き怒りと、海の底のように暗い失望が渦巻いている。

「説明はします。でも、その……もう少し、時間が欲しいというか……」

「なぜ、時間が必要なの？」

「それは……」

「ちゃんと答えてよ。この画像が間違いだって、私を納得させてよ」

――ああ。もう駄目だ。

勝村は悟った。

こういう状況に陥った以上、もはや言い逃れはできない。勝村が何を言っても、さくらは信じないだろう。

いや、そもそも、さくらを裏切っていたのは勝村の方だ。

あんな風に山猫と関わっていたのだ。やがては、こういう日が来ることは分かっていたはずだ。

それなのに、勝村は現実から目を背けていた。

もしかしたら、不倫に嵌まる男たちは、こういう心境なのかもしれない。

こうやって、証拠を突きつけられて初めて、自分がどんなに愚かな行動をとっていたのかを思い知る。

そして、全てを失うのだ――。

自分はどうして、さくらを裏切るようなことをしてしまったのだろう――巨大な後悔の波にもみくちゃにされながら考えてみた。

だが、答えなど出るはずもない。気付けば、こうなっていたのだ。

何にしても、せめてもの罪の償いは、正直に、さくらに全てを話すことだろう。

「分かりました。ちゃんと話しますので座って下さい」

勝村は、さくらに座るように促した。

さくらは、迷った素振りを見せつつも、椅子に腰掛けた。

問答無用で手錠をかけられても仕方ないのだが、どうやらさくらは、話を聞いてくれるようだ。

その優しさが痛かった。

「最初に、ぼくがあの男——山猫に会ったのは、さくらさんと再会した、あの事件のときでした」

勝村は意を決して切り出した。

回りくどくなるかもしれないが、今の状況を説明する為には、始めからきっちり話す必要がある。

きっと長い話になるだろう。そう予感したときに、テーブルにスーツを着た男が二人、歩み寄って来た。

角張った顔をした中年の男と、痩身《そうしん》で陰気な顔をした若い男だった。

「勝村英男さんですね」

中年の男が、勝村にそう訊ねてきた。

勝村が「はい」と応じると、男たちは頷き合ってから、揃って警察手帳を提示した。

「捜査一課の井野《いの》です」

「同じく清水《しみず》です」

それぞれ名乗った。

警察は、もう勝村を確保する為に動いていたようだ。

「署までご同行願います」

中年の井野という刑事が促す。

「ちょっと待って。いきなり何なの？　勝村からは、私が事情を聞いているの。任意同行するなら、そのあとにして」

さくらが、井野と清水の前に立ちふさがる。

「あなたは誰です？」

若い清水が、さくらを押し退けるようにして問う。

「私も刑事です」

さくらは、二人に警察手帳を提示する。

まさか、現職の警察官が同席しているとは思わなかったのだろう。井野と清水の表情が曇る。

二人は、一旦《いったん》離れたところに移動して、小声で何やらやり取りをしたが、すぐに戻って来た。

「あんたは、今、捜査でこの男と会っているのか？」

井野が、嫌みの籠《こ》もった口調で問う。

状況を見て、さくらが職務で勝村と会っているのではないと判断したのだろう。

「それは……」

さくらが言い淀《よど》む。

「あなた、霧島さんですよね」

清水が卑屈な笑みを浮かべながら言う。

「そうよ」

「あなたは、今回の一件から外されますよ」

「え？」

「何を驚いているんです。あなたは、この男と個人的に交友があるそうじゃないですか。外されるのは当然ですよ」

「私が、捜査に私情を挟むとでも？」

「こうやって、レストランで一緒に食事をしているんです。充分、挟んでいると思いますよ」

「…………」

「それだけじゃない。あなたも、事件への関与を疑われているんですよ」

清水の言葉に、勝村は大きな衝撃を受けた。

どうして、さくらが疑われなければならないのか——しかし、その理由はすぐに頭に浮かんだ。

全ては自分のせいだ。

勝村が、山猫の協力者であるなら、友人関係にあったさくらも疑われるのは当然だ。

「冗談じゃないわよ。私は……」

「疑われたくないなら、黙っていることです。それから、監察官が、あなたに話があるそうです」

得意げに言う清水に、反論する言葉があるはずもなく、さくらは唇を嚙《か》み締め、押し黙った。

さくらを裏切っただけでなく、こんな風に巻き込んでしまった。後悔を通り越して、怒りを感じたものの、勝村に為《な》す術《すべ》はない。

「同行して頂けますね」

井野が、勝村に念押しする。

こうなったら、従うしかない。勝村は、小さく頷いてから立ち上がった。

井野と清水に両側を挟まれるようにして、歩き出す。

「勝村！」

レストランを出ようとしたところで、さくらが声をかけてきた。

振り返ると、今にも泣き出しそうな顔をしたさくらの姿があった。胸が痛む。

「教えて。あなたは、私を騙《だま》していたの？」

さくらの悲痛な声が、勝村の胸の奥に突き刺さった。

騙してなんかいない——そう断言できれば良かった。しかし、最初の意図はどうあれ、さくらを裏切っていたという事実に変わりはない。

かといって、「すみませんでした」と詫《わ》びることもできなかった。

「騙すつもりはありませんでした……」

そう口にしたあと、さくらの顔を見ることができずに、逃げるように歩き出した。

どうして、あんな自己弁護みたいなことを言ったのだろう？　後悔に襲われたが、どうすることもできなかった。

ビルの外に出て、覆面車輌の後部座席に座った勝村は、小さく息を吐き、窓の外に目を向けた。

瞬くネオンが、やけに眩《まぶ》しく感じられた。

もう、こういう風景を見ることはないのかもしれない。そう思うと、最後くらい、しっかりさくらの顔を見ておくべきだったと、また後悔した。

5

さくらは、ただ呆然《ぼうぜん》と店の外の廊下に立ち尽くした。

まさか勝村が、山猫の共犯者だったなんて、夢にも思わなかった。

いや、そうではない。本当は分かっていた。なのに、それを見ないようにしていた。

冷静に考えれば、怪しい点は幾つもあった。

山猫が事件を起こしたときには、必ずと言っていいほど、その周辺に勝村の姿があった。

偶然を信じないのが刑事の鉄則のはずだ。それなのに、さくらは、偶然だと思い込もうとしていた。

山猫を追っていたら事件に巻き込まれたという勝村の言い訳を、そのまま鵜呑《うの》みにしていた。

——なぜか？

多分、勝村と一緒にいたかったからだ。

友人としてなのか、もっと進んだ関係なのかは、自分でもよく分からない。ただ、勝村の気の抜けた笑顔を見ると、癒やされた。殺伐とした警察組織の中に身を置き、がむしゃらに走り続けているさくらの唯一の憩いだった。

何にしても、今さら、こんなことを考えても手遅れだ。

最後の勝村のあの言葉——あれは、自分が山猫と共犯関係にあったことを認めるものだった。

壁に背中を預け、天井を見上げる。

蛍光灯の光が目に染みた。

長いため息を吐いたところで、スマートフォンに着信があった。

「はい」

さくらは、表示も確認せずに電話に出た。

〈勝村が、今どこにいるか知っているか？〉

耳に飛び込んできた陰湿な声に、さくらははっとなり背筋を正す。

犬井だ——。

チームでの捜査が基本の警察組織において、単独行動を貫いている型破りな刑事だ。のみならず、捜査の為なら手段を選ばず、徹底的に相手を追い込む冷徹さを持ち、狂犬と恐れられる男だ。

おそらく、犬井もあの画像を見て、勝村を捕らえようとしているのだろう。

〈答えろ。勝村はどこだ？〉

犬井が焦《じ》れたように言う。

「さっき、任意同行で引っ張られました」

さくらが告げると、犬井は苛立《いらだ》たしげに舌打ちをした。

先を越されたことが悔しいのだろう。

〈引っ張ったのは誰だ？〉

「確か、井野と清水という刑事だったと思います」

〈そいつらは刑事じゃない〉

さくらは、鈍器で頭を殴られたような衝撃を覚えた。

「ど、どういうことです？」

〈どうもこうもない。そいつらは偽者だと言っているんだ〉

「どうして断言できるんです？」

捜査一課に所属している人員は、全部で四百人ほどいる。しかも、刑事はほとんど捜査で外に出ている。全員が顔を合わせるのは、それこそ捜査会議のときくらいだ。

全ての人間の顔と名前を把握するのは、正直難しい。それは、さくらに限ったことではなく、犬井も同じはずだ。

〈さっき確認を取った。現段階では、勝村を任意同行で引っ張るなんて指示は出ていない〉

犬井の声には侮蔑《ぶべつ》が混じっていた。

「で、でも……」

〈普通に考えれば分かるだろ。あの画像一枚で引っ張るのは時期尚早だ〉

犬井の言い分はもっともだ。

冷静にあの写真を見れば、現場付近を、警備員の制服を着て歩いていたというだけだ。疑わしくはあるが、現状では事情聴取をするのが精々だ。

任意同行を求めるなら、もう少し情報を集めてからだ。出所の分からないタレ込みの画像一枚で、いきなりやって来て連れて行くというのは、あまりに乱暴だ。

「もし、そうだとすると、あの二人は何者ですか？」

〈お前は、現場にいたのか？〉

犬井が聞き返してきた。

「はい」

さくらが答えると、犬井が再び舌打ちをした。

〈お前は刑事に向いていない。今すぐ辞表を出せ――〉

「私は、あの二人は何者かと訊いているんです」

〈お前は、目の前に現れた偽者の刑事を見抜けなかったばかりか、むざむざ勝村を引き渡した。私情に流されて、まともな判断力を失うような奴は、警察官失格だ〉

犬井が、怒りに満ちた声で言う。

一気に血の気が引いたさくらは、思わずその場に倒れそうになる。が、辛うじて、それを堪《こら》えた。

犬井の言う通り、自分は警察官として失格だ。

あのとき、ちゃんと警察手帳を確認しなかったし、誰の指示かも訊かなかった。あの画像に動揺していたせいで、洞察力と判断力が著しく低下していた。

結果として、偽者の警察官に参考人を引き渡すという、あり得ない失態を犯してしまった。

〈もう、お前に用はない〉

犬井は、そう言うと一方的に電話を切ってしまった。

あの二人は、いったい何者だったのか？　そして、何の為に勝村を連れ去ったのか？

真っ当な連中でないことは明らかだ。勝村も、ただでは済まないだろう。下手をしたら、殺されるかもしれない。

——勝村を捜さなければ！

さくらは、気持ちを切り替え廊下を駆け出した。

だが、すぐに足を止めることになった。捜すといっても、いったいどこを捜せばいいのか、見当もつかない。

途方に暮れるさくらのスマートフォンが着信した。非通知だった――。

「はい」

さくらは、嫌な予感を覚えながらも電話に出た。

〈どうしたの？　元気ないじゃない〉

電話の向こうから聞こえてきたのは、張りのある女の声だった。

あまりに馴《な》れ馴《な》れしい口調に、戸惑ってしまう。間違い電話だろうか？

「どなたですか？」

〈あら。覚えてないの？　残念――〉

女は、おどけた調子で続ける。

「あの。私は霧島です。間違い電話ではありませんか？」

さくらは、苛立ちを呑み込みながら言う。

〈間違いじゃないわよ。私は、あなたが霧島さくらさんだって分かってて電話しているの〉

「え？」

〈あまり時間がないから、手短に言うわよ〉

「待って下さい。どうして、私のことを？」

〈悠長に説明してたら、英男君が死んじゃうわよ。助けたいでしょ。彼のこと――〉

あまりの急展開に、さくらは呆然とするしかなかった。

6

犬井は吸いさしの煙草を地面に落とし、靴底で踏み消した。

「バカな女だ」

思わず口をついて出た。

さくらは、こともあろうに、偽者の警察官に勝村を引き渡すという、あり得ない愚を犯した。

少しは、使える女だと思っていただけに、落胆した。

捜査に私情を挟むから、こういうことになる。さくらは、所詮《しょせん》はプロフェッショナルになれなかったということだ。

まあ、さくらのことはいい。問題は、これからどうするか――だ。

犬井は歩みを進めながら思考を巡らせる。

ここまでの状況に鑑《かんが》みて、山猫を陥れようとする何者かが存在することは明らかだ。

そして、その何者かが勝村を拉致《らち》した。

もし、高橋の情報が真実なのであれば、実行犯は深紅の虎と名乗る人物だ。深紅の虎が何者かは分からないが、単独で動いているとは考え難《にく》い。裏で糸を引く奴がいるはずだ。

今回山猫の被害にあったビルドの関係者——ということも考えられる。山猫の犯行により、知られたくない何かが表に出ることを恐れた。だから、山猫が残した犯行声明と犯罪の証拠を奪い去り、勝村を連れ去った。手っ取り早いのは、ビルドの社長である落合を締め上げることだが、それで真相が明らかになるとは思えない。

犬井の思考を遮るように、携帯電話が鳴った。

「犬井だ」

電話に出ると、通話口からくぐもった笑い声が聞こえてきた。

いつまでもまとわりつくような、粘着質で陰湿な笑い声には、聞き覚えがあった。

「牧野《まきの》か」

犬井は、苦い口調で言った。

牧野大師《たいし》——かつて犯罪コーディネーターとして暗躍した男だ。のみならず、元警察官で、犬井の相棒でもあった人物だ。

犬井により逮捕された牧野は、現在、拘置所に収容されている。収容中の囚人が、こうして外部に電話してくるなど、普通ではあり得ない。

〈今日は、古い友人である君に警告をする為に連絡をした――〉

牧野が一方的に話を始める。

それを聞き、犬井はなるほど――と納得した。

牧野の声はレコーダーに録音されたものだ。おそらく、弁護士か誰かが、接見の際に収録し、それを持ち出し、電話をかけてきたのだろう。

そのまま電話を切っても良かったが、犬井は黙ってその声に耳を傾けることにした。

〈私は、ある人物と契約をした〉

――契約？

〈裏社会の工作員として、名を馳《は》せた男だ。深紅の虎。聞いたことはあるか？〉

――ここでも深紅の虎の名が出た。

〈深紅の虎は、個人の名称ではあるが、彼に従う者は複数いる。その手腕は、折り紙付きだ。一度交わされた契約は、どんなことがあろうと履行する。まさにプロフェッショナルだ〉

言いたいことがあるなら簡潔に告げればいいものを、相変わらず、芝居がかった言い回しをする男だ。

犬井は、苛立ちを覚えながらも、牧野の声を聞く。

〈私は、深紅の虎が欲していた情報を与えてやった。その対価として、私は、彼に頼みごとをしたんだ。何だと思う？〉

犬井は、答えなかった。

分からなかったからではない。録音された音声に答えるほど愚かではない。

〈教えてあげよう。君の命を奪うことだ。しかも、充分に痛めつけて、生きていることを後悔させてからだ――〉

勝ち誇った牧野の声が、耳に不快に響く。

笑い声と同じで、粘着質な男だ。犬井の中では、牧野とのことなどすでに終わっている。にもかかわらず、この男は未だに付きまとってくる。

質《たち》の悪いストーカーそのものだ。

〈許しを乞《こ》う君の声が聞けなくて、非常に残念だ――〉

そこで音声が途切れた。

だが、電話はまだ繋《つな》がっている。微かに、息遣いが聞こえる。

「お前が、深紅の虎か？」

犬井は電話に向かって問いかけた。

〈さすが、噂の通り察しがいいようだな〉

電話の向こうで応じる声があった。

「わざわざ、警告の電話をかけてくるとは、ご丁寧なことだな」

〈それが、クライアントの要望だからな〉

宣言したあとで、犬井を追い詰めようという魂胆なのだろう。

牧野が考えそうなことだ。

「つまらん挨拶はいい。おれに用があるなら、さっさと姿を見せたらどうだ？」

犬井はそう言いながら、周囲に視線を走らせる。

おそらく、深紅の虎とやらは、近くで犬井の姿を見ているはずだ。

しかし、路地で横になっているホームレスが一人いるだけで、他に人の姿は見当たらない。

〈残念だが、私は別件があって、君のところに行くことはできない〉

犬井の行動を見透かしたように、深紅の虎が言った。

「そいつは残念だ」

〈いずれ、君の前に顔を出す。ただし、それまで君が生きていれば――だが〉

「どういう意味だ？」

〈ビジネスをフェアに進める為に、教えておいてあげよう。私は、ある組織に属しているんだが、その下っ端の連中にチャンスを与えることにした〉

「何を言ってやがる」

〈君の首に、少しばかり賞金をかけたんだ。組織の中で、名を上げようという連中が、君を狙うことになる。充分に注意することだ〉

そこで電話が途切れた。

賞金で釣り、金目当ての連中に犬井を狙わせることで、追い詰めるつもりらしい。牧野より陰湿な奴かもしれない。

「面倒な野郎だ」

犬井は、携帯電話をポケットに押し込み、歩き始めた。

大通りに出ようとしたところで、背後に何者かが立つ気配を感じた。考えるより先に、身体が動いていた。さっと振り返りながら飛び退く。

何かが、犬井の右腕を掠《かす》めた。

犬井の前には、さっきのホームレスが立っていた。

左手に、ナイフを持っている。ただのナイフではない。刀身をアイスピックのように細く加工した両刃のナイフだ。

巧みに気配を消し、犬井を狙っていたらしい。さっきのチンピラとは訳が違う。殺しを仕事にするプロだ。

右腕に、じわっと痛みが広がる。

避《よ》けたつもりでいたが、どうやら、右腕を切られていたようだ。

暗闇の中で、ホームレスの目が怪しく光った――。

7

車の後部座席に座った勝村は、ぼんやりと窓の外を眺めていた――。

頭に浮かぶのは、後悔ばかりだ。

そもそも、自分はどうして山猫に協力してしまったのだろう。

色々と理由はあるが、好奇心もあったように思う。嫌だ、嫌だと言いながら、スリルに取り憑《つ》かれていたところもある。

何より、山猫という人間の魅力に、惹《ひ》かれていたことが大きいだろう。

名前はおろか、経歴すら分からない謎の男。中身の見えない虚像のような男の何に、そんなに引き寄せられていたのか。

考えてみたところで、答えは出なかった。

さっきまで煌びやかだったはずの街並みが、次第に寂しいものへと変わっていく。

――あれ？

勝村は、ここでようやく違和を覚えた。

警視庁に行くにしても、近くの警察署に行くにしても、もう到着していいはずだ。

そもそも、方向が全然違う気がする。

もしかして、これはヤバい状況なのかもしれない。

「どこに行くんですか？」

勝村は、乾いた唇を舐《な》めてから、平静を装いつつ訊ねてみた。

「警察署だ」

勝村の隣に座っていた清水が、ルームミラー越しに運転席の井野に目配せをしつつ答えた。

「どこの警察署ですか？」

「お前に言う必要はないだろ」

清水が焦れたように答える。

この反応――明らかに不自然だ。この男たちは、本物の警察官ではないのかもしれない。そう思い至ったが、勝村はそれ以上の追及はしなかった。

今、余計なことを言えば、何をされるか分かったものではない。とはいえ、このまま大人しく従っているだけでは、事態を悪化させるだけだろう。

――考えろ。

自分自身に言い聞かせるが、いくらそうしたところで、これといった打開策が思い浮かぶことはなかった。

しばらく幹線道路を走った車は、やがて脇道に逸《そ》れる。そのまま、海辺にある倉庫のような場所まで来たところで停車した。

「降りろ」

清水が告げる。

「ここ、警察署ではなさそうですけど」

勝村が告げるなり、清水から容赦のない鉄拳を鼻柱に叩き込まれた。

熱を帯びた強烈な痛みが走り、両手で顔を覆う。

掌《てのひら》にぬるっとした感触があった。どうやら、鼻血が出ているらしい。

「ごちゃごちゃ言ってねぇで、さっさと降りろ」

清水が、低い声で囁《ささや》いた。

凶暴な響きを持った声だ。逆らえば、パンチ程度では済まされないだろう。勝村は、抗《あらが》う術もなく、黙って車を降りた。

清水に背中を蹴られ、前のめりに倒れる。

まだ、痛みが引かないうちに、今度は井野に首根っこを摑まれ、強引に立たされた。

そのまま、二人に引き摺《ず》られるようにして、古びた倉庫の中に連れ込まれてしまった。

入口のシャッターが閉じられる。

　こうなると、勝村がいくら叫んだところで、助けは来ない。

　薄暗く、だだっ広い空間に、木製の椅子がポツンと置かれていた。勝村は、強引にそこに座らされた。

　ご丁寧に、井野と清水は、勝村の両手を後ろに回し、拘束バンドで固定してしまった。

　これでは身動き一つ取れない。

「いったい何なんですか？」

　勝村が問いかけるなり、今度は井野のパンチがボディーに食い込んだ。

　あまりの強烈な痛みに、額に脂汗が浮かんだ。もし、あのレストランで何か食べていたら、間違いなくぶちまけていただろう。

「痛い思いをしたくなかったら、大人しくしてろ」

　井野が耳許で告げる。

　単なる脅しではない。この二人は、暴力に慣れている。余計なことをすれば、文字通りの痛い目に遭わされることだろう。

　その間に、清水がスマートフォンで、どこかに電話をかけ、何やらやり取りしている。

　状況から察するに、このあと、誰かがここにやって来るらしい。

　——いったい誰なのか？

興味が湧いたのは事実だが、相手が誰であったとしても、勝村の運命は変わらない。この先に待ち受けているのは、抗いようのない死——だ。

このまま終わってしまうのだろうか？

何とか、この状況から抜け出す方法はないものか？

勝村の頭に浮かんだのは、山猫の顔だった。そもそも、こんなことになっているのは、全て山猫のせいだ。にもかかわらず、この期に及んで、山猫に救いを求めている自分が情けなかった。

悲嘆に暮れている勝村の耳に、ガラガラッとシャッターの開く音が聞こえた。

——誰か来た。

おそらく、井野と清水のボスに当たる人物だろう。

目を向けると、そこには一人の男が立っていた。型崩れした黒いスーツを着て、肩までかかる長い髪をした男だった。

男は、ゆっくりと勝村に向かって歩み寄って来る。

その歩き方は、酔っ払いのようにふらふらとしていて、どことなく危うい。だが、実際に酒に酔っているわけではない。

勝村に向けられた、凍《い》てつくような視線が、その証拠だ。

やがて、男は両手をズボンのポケットに突っ込み、勝村の前に立った。

——ヤバい。

理屈ではなく、感覚としてそう思った。

この男は、今までに出会った、どんな男より危険だ。凶暴で凶悪な空気を、隠すことなく垂れ流している。

「お前が、勝村英男か？」

男が無表情に問う。

勝村は、返事をすることすらできずに、ただ唖然《あぜん》としていた。

「答えろ！」

すかさず、清水が勝村の頬を殴りつける。

口の中が切れて、血が滴り落ちる。

「お前は、分かってないな」

男は、そう言うなり、清水の耳を摑むと、そのまま一気に引き千切った。

清水は「ぎゃぁ！」と悲鳴を上げると、引き千切られた耳許を押さえて、コンクリートの上をのたうち回る。

男は、冷淡にそれを見下ろしながら、千切った耳をぽたっと床に落とした。

あまりに衝撃的な光景に、勝村は叫ぶことすらできなかった。

「痛みによる拷問で、情報を吐かせようというのは、愚か者のやることだ。まして、殴るなんて方法は間違いだ。もし、意識を失えば、それだけで時間の無駄だ」

極めて事務的な口調で男が言った。

やはり、この男は危険だ。仲間を容赦なく傷つけるやり口もそうだが、感情に流されて行動することが一切ない。

今、清水の耳を引き千切ったのも、部下に対して怒りを露《あら》わにしたのではない。あれは勝村に見せつける為にやったのだ。

自分に逆らうと、どういうことになるのかを、部下の身体を使って表現してみせた。

拷問で情報を引き出す場合、単に肉体にダメージを与えればいいというものではない。男が言っていたように、意識を失えば時間をロスするし、中には肉体的な痛みに耐え得る者や、それを快楽に感じる者もいる。

精神を痛めつけることが、何より重要になってくるのだ。

そういう意味では、さっきの男の行動は、実に効果的といえた。この男に逆らえば自分がどうなるか、勝村は痛いほどに理解したし、その存在に恐怖を覚えている。

「ビジネスの話をしよう」

男は、改めて勝村に顔を向けながら言った。

「ビジネス？」

この男が放つ異様な空気と、これまでの言動とが、どうしてもビジネスとは結びつかない。

「そうだ。まずは、自己紹介をしておこう。私は、深紅の虎と呼ばれている」

「深紅の虎……」

その響きの不吉さに、勝村は顔を引き攣《つ》らせた。

「私は、ある男を追っている」

「男……」

「そうだ。因縁浅からぬ男でね。私は、どうしても、奴と決着を付けなければならないんだ」

――誰です？

訊ねようとしたが、勝村はその言葉を呑み込んだ。

わざわざ訊ねるまでもなく、今の状況を考えれば、この男――深紅の虎が誰を捜しているかなど、容易に想像がつく。

「私は、山猫と名乗る男を捜している。知っているだろ」

深紅の虎が、口許に残忍な笑みを浮かべた。

「こんなのビジネスじゃない。ただの脅しですよ」

震えを必死に抑えながら口にする。

「さすが、あの男の相棒だ。この状況でも、ちゃんと思考している」

「答えになっていません」

「そう急《せ》くな。私は、山猫の情報を欲している。もし、君がそれを教えてくれるなら、私は君に相応の見返りを与える」

「見返りとは、何ですか？」

「そうだな……自由というのはどうだ？」

深紅の虎が、勝村の耳許で囁いた。

「自由？　ぼくを逃がしてくれるということですか？」

「分かってないな。君は、ここから逃げたところで、自由にはなれない。山猫の共犯者として、警察に追われているんだからね」

勝村の全身に悪寒が走った。

どうやら、昨晩の勝村を撮影し、警察にタレ込んだのは、深紅の虎だったようだ。その目的は、山猫の情報を得る為——ということだろう。

実に狡猾《こうかつ》なやり口だ。

痛みや死に対する恐怖で交渉するのではなく、未来への希望をちらつかせて、服従させる。

「さあ、どうする？」

深紅の虎が、すっと目を細めて勝村を見据える。

ハードボイルド小説の主人公であれば、自らの信念を押し通し、断固としてその申し出を拒否するだろう。

しかし、勝村はタフな私立探偵でもなければ、正義感溢《あふ》れる刑事でもない。出版社に勤務する、善良な一市民に過ぎない。

もしここで山猫の情報を話せば、自由を手に入れられる――そう思うと、正直、心が揺らいだ。

「ぐぅぅ」

さっき深紅の虎に、耳を引き千切られた清水が、ボタボタと血を流しながら呻《うめ》く。

その様子を見て、深紅の虎が舌打ちをした。

「この程度で、見苦しい男だな。ビジネスの邪魔だ」

深紅の虎が目配せをすると、井野がすぐさま、清水を倉庫の外に連れ出した。

「さて――改めて問うが、君は、どうする？」

深紅の虎が、訊ねてくる。

「申し訳ないけど、信じられない」

勝村は、諦《あきら》めにも似た感情とともに口にした。

深紅の虎の提案は、実に魅力的である。しかしながら、初対面の素性も分からない男の申し出を鵜呑みにするほど愚かではない。

まして、勝村が警察に目をつけられる原因となった写真を撮影したのは、この連中に間違いない。

おまけに、深紅の虎は、自分の部下の耳を容赦なく引き千切るような男だ。山猫の情報を口にしたところで、約束が履行される保証はどこにもない。

「そう簡単には、屈しないようだな」

深紅の虎が、肩までかかる長い髪をかき上げた。

改めて勝村に向けられた視線は、身も凍り付くような冷たいものだった。

「…………」

「君は、どうしてそうまでして、山猫を庇《かば》う？」

深紅の虎が問いかけてくる。

「別に庇っているわけじゃ……。ただ、いくら訊ねられたところで、ぼくは山猫のことを知らないんです」

「知らない？」

「確かに、ぼくは山猫と関わりがあります。でも、彼のことは、何も知らない。本名も、素顔も、その過去も——」

勝村は、早口に言った。

嘘を吐いているわけではない。勝村が、山猫のことを知らないのは事実だ。そのことが、妙に寂しく感じられた。

「嘘ではなさそうだな」

しばらくの沈黙のあと、深紅の虎が言った。

「山猫のことを知らないなら、私が教えてやろう」

深紅の虎が、勝村を見下ろす。

「え？」

この男は、山猫の情報を欲して、勝村を拉致したはずだ。それなのに、勝村に山猫のことを教えると言う。その思考が読めなかった。

「…………」

「あの男――山猫は、かつて私の友人であり、パートナーだった」

「友人で、パートナー」

「そうだ。まだ、山猫と名乗る前、あの男は私と同じ、裏社会の仕事をしていた。君は、青門会《せいもんかい》という組織を知っているか？」

「中国マフィアの？」

勝村が言うと、深紅の虎が頷いた。

青門会は、〈三猿〉の事件のときに関わった。武闘派として名を馳せ、日本を始め、世界各国に進出しているマフィア組織だ。

「あの男は、元々は青門会の構成員だった」

「山猫が？」

意外だった。

今の山猫を見る限り、組織に属すタイプの人間とは思えない。しかも、それがマフィアとなると尚《なお》のことだ。

現在とは対極にいると言ってもいい。

「あの男は、盗みの腕に長《た》けていただけでなく、容赦のない奴だった。人を殺すことなんて、何とも思っていない。そういう男だ」

「山猫が人殺しを？」

また信じられない話が飛び出した。

山猫の素性については、全くと言っていいほど知らないが、彼を形成している根っこの部分は、多少なりとも分かっているつもりだ。

だからこそ、山猫が人を殺すとは思えなかった。

「君は、何も分かっていないようだ。あの男は、猫を被《かぶ》っているに過ぎない。あの男の本性は、残忍な獣だ」

「そんな……」

「だから、パートナーであったはずの私を平然と裏切り、私から大切なものを奪い、虫けらのように殺したんだ」

深紅の虎の表情は変わらなかった。だが、その声には、痺《しび》れるような憤怒《ふんぬ》の感情が宿っていた。

「嘘だ。そもそも、あなたは生きているじゃないですか」

勝村が主張すると、深紅の虎はにいっと白い歯を覗《のぞ》かせた。どうやら、笑みを浮かべているらしい。

「死んださ。一度――」

深紅の虎は、そう言うと昔を懐かしむように目を細めた。

「私は、あの男に撃たれ、そのまま海に転落した。あの男は、それで私が死んだと思ったのだろうが、運良く、私は生き延びた」

「………」

「私は、あの男に復讐《ふくしゅう》を誓った。しかし、傷の癒《い》えたあと、あの男を捜したが、見つけることはできなかった。顔を整形し、身分を偽装し、姿を消したという噂だった。それが、七年前のことだ――青門会も、裏切り者であるあの男を捜し回ったが、見つけることができなかった」

「それがどうして、今頃になって？」

「先日起きた、〈猿猴《えんこう》の月〉の事件を覚えているな」

勝村は無言で頷いた。

伝説とまで謳《うた》われた窃盗団、三猿が隠した〈猿猴の月〉を巡り、激しい争奪戦が起きた事件だ。

勝村は、あの事件にも巻き込まれ、大変な目に遭っている。

「あの事件のあとに、有力な情報がもたらされた。私と青門会が追っている男が、日本で山猫と名乗り、義賊の真似事をしている――と」

あの事件には、青門会が深く関わっていた。そうした中で、青門会がかねて追っていた男が、山猫と同一人物だという情報がもたらされた――ということか。

「それで、今になって山猫を追っているということですか？」

「そうだ」

勝村の問いに、深紅の虎が満足そうに答えた。

一応の筋は通る。

山猫が、これまで素顔を晒《さら》さなかったのは、マフィア組織に追われていたからだと考えることもできる。

だが――。

「あなたが追っている人物と、山猫が同一であるという証拠はあるんですか？」

顔が判然としていないのだから、確認のしようがないはずだ。

「証拠はない。だから、それを確かめる為にも、君に協力してもらおうと思っている」

「どういうことです？」

「変装していようが、整形していようが、私にはあの男が分かるんだよ」

「…………」

整形していたとしたら、たとえ顔を合わせたとしても、判別できないのではないか？　そう思ったのだが、言葉に出すことはできなかった。

「ついでに、面白いことを教えてやる」

深紅の虎が、煙草に火を点けながら鷹揚《おうよう》に言った。

「面白いこと？」

「そう。今、山猫と名乗っている、あの男の本当の名だ」

「本当の名」

「そうだ。奴は、かつてマオと名乗っていた。日本語に訳すと、猫という意味だ」

深紅の虎は、勝村の耳許でそう告げた――。

8

犬井は思わず舌打ちをした。

右腕から流れ出した血は、拳《こぶし》を濡《ぬ》らすほどの量だ。すぐに手当てをするべきなのだろうが、そんなものを気にしている余裕はない。

目の前には、ホームレスのように汚れた恰好をした男が、薄い笑みを浮かべながらナイフを構えている。

勢いに任せるチンピラとは訳が違う。

男が持っているのは、アイスピックのように細く加工された両刃のナイフだった。自分に合わせた特殊な武器を持っていることからも、闇社会で長く生きてきた殺しの専門家だということが分かる。

「面白い得物を持ってるじゃないか」

犬井が声をかける。

言葉が通じているのか否か、男はニヤニヤと笑みを浮かべただけで、何も答えなかった。そればかりか、ナイフの切っ先を突き出して来る。

犬井は、後方に飛び退きながら、すんでのところで、その先端をかわす。

あまりお喋りは好きではないらしい。

何とかナイフを奪いたいところだが、ご丁寧にグリップの部分に、指を引っかけるフックが取り付けられている。

あれでは、簡単に奪い取ることはできない。

　相手が素人であれば、一気に距離を詰めて、強引に制圧することもできるだろうが、プロにその手は通用しない。

　ナイフの間合いを活《い》かし、一定の距離を保って闘い続けるはずだ。そうなると、犬井には圧倒的に不利だ。

　だが、それが男の誤算になる。

　犬井は、ファイティングポーズを取ることなく、真っ直ぐ男に向かって歩みを進めた。

　ナイフを持つ相手に無防備に歩み寄るなど、愚の骨頂ともいえる行動だが、それこそが犬井の策だ。

　男は、プロとして闘い慣れているが故に、セオリーに反する犬井の動きに、一瞬だけたじろいだ。

　その瞬間、犬井は、ノーモーションからフリッカー気味にジャブを繰り出す。

　男は、素速く飛び退き犬井の拳をかわす。

が、それでいい。

　犬井のジャブは、男の顔にヒットさせる為に放ったものではない。流れ出た血が飛び散り、男の顔にかかった。

　一瞬、視界を奪われた男が目を閉じた。

犬井は、重心を低くして、男の両足を抱え込むようにタックルをお見舞いした。

男は、バランスを崩し仰向《あおむ》けに倒れる。

なまじナイフを離すまいとしたばかりに、男は上手く受け身を取れず、後頭部をアスファルトに打ち付けた。

犬井は、男のナイフを握る手を押さえながらマウントポジションを確保すると、容赦なく男の顔面に鉄拳を叩き込んだ。

一発、二発までは、抗っていたが、三発目をお見舞いしたところで、男は弛緩《しかん》して動かなくなった。

犬井は、ゆらりと立ち上がると、煙草を取り出し火を点ける。

この男を尋問することも考えたが、止めておいた。深紅の虎と名乗る男は、犬井に賞金を懸けたと言っていた。

おそらく、この男は賞金を狙って犬井を襲ったに過ぎない。

深紅の虎の居場所はおろか、連絡先すら知らないだろう。尋問するだけ無駄というものだ。

とはいえ、ここに放置しておくわけにもいかない。

事後処理を、誰かにやらせなければならない。犬井は、携帯電話を取り出すと、さくらに電話をした。

さっき、偽の警察官を見抜けずに、勝村を引き渡すという愚行を犯した女だが、この男の後始末くらいはできるだろう。

〈はい〉

さくらが電話に出た。

慌てて移動している最中らしく、バタバタと走る靴音と、荒い息遣いが聞こえた。

「犬井だ」

〈すみません。あとにしてもらえますか。今、手が離せないんです〉

早口に言うさくらの声を聞き、違和を覚えた。

あれほど消沈していたはずのさくらが、こんなにも慌てているのは不自然だ。勝村に関して、何か動きがあったようだ。

「どこに向かっている？」

犬井が問うと、電話の向こうで、さくらが逡巡するような間を空けた。

「言え！」

犬井が恫喝《どうかつ》する。

さくらは、それに屈したというより、犬井に話した方がいいという判断に達したらしく、息を切らしながらも説明を始める。

犬井との電話を切ったあと、正体不明の女から連絡があり、勝村が拉致された場所を伝えてきたのだという。

胡散臭い話だ。誰かの罠かもしれない。

いや、普通に考えれば、罠以外の何ものでもない。

「お前は、そこに行くつもりか？」

犬井が問うと、さくらは迷うことなく〈はい〉と応じた。

「署には連絡したのか？」

〈いいえ。出所不明の情報ですから……〉

さくらの返答を聞きながら、犬井は考えを巡らせる。

が、それはわずかな時間だけだった。いちいち考えるまでもなく、何をすべきか、
犬井は答えを導き出していた。

「場所を言え」

〈え？〉

「おれも、そこに行く。場所を言え」

犬井は改めてさくらに問いかけた。

罠である可能性は高いが、現状において、勝村の拉致に深紅の虎が関与しているの
であれば、その尻尾を掴むチャンスでもある。

9

「これからどうするつもりですか？」

勝村は、おそるおそる深紅の虎に問いかけた。

深紅の虎が、山猫に私怨《しえん》を抱いているのは、痛いほどに分かった。しかし、勝村は山猫の情報を持っていない。

それは、深紅の虎自身も納得したはずだ。

これから、ここで顔を突き合わせていたところで、何一つ変わらない。

深紅の虎は、ふうっと煙草の煙をゆっくり吐き出し、吸殻を地面に落として靴底で踏み消すと、改めて勝村に目を向けた。

異様なまでに、威圧感のある目だ。

「君が山猫の情報を知っていて、私に協力してくれるなら、それで良かった」

「何度も言いますが、ぼくは山猫のことは、ほとんど知らないんです」

勝村は必死に主張する。

「君が嘘を言っていないことは、目を見れば分かる」

深紅の虎が、ゆっくりと髪をかき上げる。

恫喝するわけでもない、こうした悠然とした振る舞いが、勝村の不安を大いにかき立てる。

「じゃあ……」

「だが、君を逃がすわけにはいかない。君から情報を引き出せなかった場合――」

「殺すんですか？」

「必要とあらば。ただ、今は生きていてもらう」

「なぜです？」

「君は、山猫をおびき寄せる為の餌なんだよ」

「餌――」

深紅の虎の言葉を反芻《はんすう》した勝村は、その意図を悟った。

「そうだ。山猫は、パートナーである君を救いに来るはずだ。罠だと知らずにな。いや、仮に罠だと知っていても、必ずここにやって来る。奴は、そういう男だ」

にっと白い歯を見せて深紅の虎が笑った。

凶暴なだけでなく、なかなかの策士のようだ。しかし、策士という部分では、山猫も引けを取らない。

おめおめとやられに来るほど愚かではない。

いや、そもそも、この状況で山猫が、勝村を助けに来るかどうか定かではない。山猫は、悪党を自称する窃盗犯で、正義の味方ではないのだ。

「私が、山猫に勝てない――そう思っているようだね」

深紅の虎が言った。

「いや……」

「言っておくが、私は、山猫の狡猾さを知っている。何の策も講じずに、山猫を迎え撃つとでも思っているのか？」

深紅の虎が、じっと勝村を見つめる。

露ほどの油断もない。そういう目をしていた。

「どういうことです？」

勝村の質問に答えることなく、深紅の虎は、戻って来ていた井野に目配せをした。

頷いた井野は、すぐさま倉庫の奥に移動すると、黒いボックスを積んだ台車を押してきた。

「こいつが、何か分かるか？」

深紅の虎が、台車の上の黒いボックスをトントンと手で叩きながら問いかけてくる。

「いいえ」

勝村が答えると、深紅の虎は黒いボックスの蓋《ふた》を開け、中から何かを取り出した。

直方体の粘土のような物体だった。説明を受けるまでもなく、それが何なのか、勝村は理解した。

「爆薬ですか？」

そう問い返した勝村だったが、声が震えていた。

「その通り。アメリカ軍などで使用されているプラスチック爆弾だ。Ｃ－４と呼ばれるタイプのものだ。君も、その名称くらいは聞いたことがあるだろ」

返事をする余裕はなかったが、知ってはいた。

今、深紅の虎が持っているのは、一キロほどの量だ。それだけあれば、勝村の身体は跡形もなく粉砕されるだろう。

いや、そんな生易しいものではない。この倉庫ごと吹っ飛ばすことも簡単だろう。

「さて――これから、少しだけゲームをしよう」

深紅の虎が言うのに合わせて、井野が大きく頷くと、携帯電話を使って、何やら連絡を取り始めた。

――いったい何をするつもりだ？

Ｃ－４などという危険な爆薬を使って、ゲームをするなんて正気の沙汰《さた》ではない。

考えている間に、男が何人かぞろぞろと倉庫の中に入って来た。

彼らは、素速く勝村を押さえ付けると、拘束バンドを切断する。

――解放してくれるのか？

思いはしたが、それは一瞬のことだった。

男たちは、金属の輪っかのようなものを取り出し、それを勝村の足に固定する。輪っかには、ダイヤル式ロックの他に、シリンダーキーが二つ付けられていた。

さらに、その輪っかから鎖が延びている。太さ、二十ミリはあろうかという、頑丈そうな鎖だ。

工具を用いても、そう簡単には切断できないだろう。

男たちは、その鎖をコンクリートの床に設置されているフックに取り付ける。

手の自由はあるものの、これで勝村は鎖の長さの許す範囲でしか動けなくなってしまった。

「いったい何をするつもりですか？」

勝村は、得体の知れない恐怖に駆られながら問いかけた。

だが、深紅の虎は何も答えなかった。

持っていたC－4爆薬を、黒いボックスの中に仕舞うと、それを勝村のすぐ目の前に置いた。

男たちが、ドリルを使って、そのボックスをコンクリートの床に厳重に固定する。

よく見ると、そのボックスには、勝村の足に取り付けられた金属製の輪っかと同じように、ダイヤル式とシリンダー式の鍵《かぎ》が取り付けられていた。

それだけではなく、デジタル式のタイマーも設置されている。

ここにきて、勝村は深紅の虎が何をしようとしているのか、理解できた。

「もう分かったようだな」

深紅の虎は、勝村の表情を見ながら言った。

頷くことなどできなかった。これは、勝村の命を使った、とてつもなく恐ろしいゲームだ。

深紅の虎は、タイマーを操作してから、改めて勝村に目を向けた。

「二十分後にセットした。カウントがゼロになったら、何が起きるかは、だいたい分かるだろ」

勝村は、返事をすることなく、喉《のど》を鳴らして唾《つば》を飲み込んだ。

それを頷きと受け取った深紅の虎は、さらに続ける。

「二十分以内に、山猫が君を助けに来て、起爆装置を解除するなり、君を連れ出すことができれば、君は助かる。簡単なゲームだ」

確かに簡単なゲームだ。

山猫は天才を自称する窃盗犯だ。ダイヤル式ロックやシリンダーキー程度だったら、いとも簡単に解除してしまうだろう。

もし、深紅の虎が、かつての山猫の相棒なのだとしたら、それくらいのことは分かっているはずだ。

勝村の疑念を感じ取ったのか、深紅の虎がにたっと笑った。

「君が思っている通り、山猫ならこの程度のロックは、簡単に外してしまうだろう。でも、それでいい――」

「ど、どういうことですか？」

「分からないか？　これは囮《おとり》なんだよ」

「囮？」

「そう。山猫が、このロックを解除する為に、動きを止める。それだけで充分だ。言っている意味が分かるか？」

勝村は、深紅の虎の狡猾さに身震いした。

――何ということだ。

山猫がロックを解除する為に、動きを止めたところを、離れた場所から狙撃《そげき》しようという考えなのだろう。

勝村と爆弾は、その為の囮というわけだ。

「や、山猫がここに助けに来るかどうか、分かりませんよ」

勝村が主張すると、深紅の虎は、哀れみを込めた視線を向けてきた。

「別に、来なければ来ないで、私は一向に構わない。別の方法で奴を追い詰めるだけだ」

「別の方法……」

「ただ、残念ながら君の命はないがね」

「なっ！」

驚く勝村だったが、深紅の虎の部下たちに顔を押さえ付けられた。

そして、ＳＭプレイなどで使うような口枷《くちかせ》が取り付けられる。息はできるが、声を出すことができなくなってしまった。

「山猫が来ることを祈るんだな」

深紅の虎は、それだけ言うとくるりと背中を向け、部下の男たちとともに歩き去った。

勝村は、絶望的な状況に思わず天井を仰いだ――。

ライトの光が滲《にじ》んで見える。

もしかしたら、泣いているのかもしれない――そんなことを、まるで他人《ひと》ごとのように思った。

10

埠《ふ》頭《とう》の入口まで来たさくらは、建ち並ぶ倉庫に目を向けた――。

電話をしてきた女性の話を信じるなら、勝村はこの倉庫群のどこかにいる。

自ら名乗りもしなかった、素性不明の女性の言葉を、どうして真に受けたのか、自分でもよく分からない。

警察官として、あまりに不用意な判断だと言わざるを得ない。これでは、偽警官を見抜けずに、勝村を拉致されたときの二の舞だ。

やはり、勝村が関わっていることで、冷静な判断力を失っているのだろうか。

もしかしたら、この先に待ち受けているのは罠かもしれない。それでも――勝村を助けられる可能性にすがっている。

これまで、じっくりと考えないようにしていたが、おそらくさくらにとって、勝村は友人以上の特別な存在なのだろう。

だから、何を措《お》いても救い出そうとしている。

何にしても、ここまで来たら、行くしかない。さくらが足を踏み出したところで

「待て」と声がかかった。

振り返ると、そこに犬井の姿があった。

何があったかは分からないが、上着の袖《そで》が血で汚れていた。

さっき電話があったとき、犬井に問われて、女性から、この場所に勝村が監禁され

ているという情報を得たことは話してあった。

捜査本部にも、上司の関本にも言わなかったことなのに、どうして犬井にその事実を告げたのかは判然としない。

組織で動くことが前提の警察にあって、犬井は常に単独行動をしている一匹狼《いっぴきおおかみ》だ。そのくせ、他人からは情報を求め、面倒な事後処理を押しつけてきたりする。

何より面倒なのは、その凶暴性だ。捜査の為なら手段を選ばず、平然と暴力を行使するような男だ。

その分、捜査にかける執念は並外れている。そんな男だからこそ、犬井を信頼しているのかもしれない。

「本当に、犬井さんも行くつもりですか？」

さくらが訊ねると、犬井は不愉快そうに眉をひそめた。

「何度も同じことを言わせるな」

「しかし、罠かもしれませんよ」

「かも――じゃない。これは、間違いなく罠だ」

犬井がきっぱりと言った。

「だとしたら、不用意に足を踏み込むべきではないと思いますが……」

「矛盾の多い女だ」

犬井が、吐き捨てるように言った。

「え？」

「お前は、行くつもりなんだろ」

「はい」

「それが矛盾だ」

犬井の言い分はもっともだ。

引き留めるようなことを言っておきながら、さくらはそこに行こうとしている。自らの矛盾に気付き、思わず笑ってしまった。

「何がおかしい？」

犬井が、ぎろりと目を剝いて睨んできた。

狂犬という渾名《あだな》に相応《ふさわ》しい鋭さを持った視線を受け、さくらは笑いを引っ込めた。

「いえ。何も——」

さくらは、小さく首を振る。

犬井は、軽く舌打ちをしてから歩き出した。

「待って下さい」

さくらは、慌てて呼び止める。

「何だ？」

「この倉庫街の一角にいるとは聞きましたが、正確に、どこの倉庫かは分かっていません」

さくらが、正体不明の女から得た情報は、この倉庫街の一角に勝村がいるということまでで、正確な場所までは分かっていない。

「虱潰《しらみつぶ》しに当たるまでだ」

犬井が当然のように言う。

「それは非効率的です」

ここには、見たところ倉庫が二十棟はある。それを一つ一つ調べていたのでは、朝までかかってしまう。

勝村の命がかかっているのだ。あまり時間をかけている余裕はない。

「他に手があるのか？」

「ええ。おそらく、勝村は車で連れ去られたはずです」

「そんなことは分かっている。車が近くに停まっている倉庫を当たろうという腹なんだろうが、そんなものは複数ある。虱潰しと大して変わらん」

犬井が、苛立ちに満ちた口調で言う。

「そうでもありません。勝村は、警察の覆面車輛に似せた、セダンタイプの車に乗せられたはずです」

さくらがそこまで言うと、犬井もその意図を悟ったようだ。

車に乗せるまでは、勝村に警察官であると信じ込ませなければならなかったはずだ。

そうなると、自然と使用される車のタイプは限定されてくる。

こうした倉庫街に、セダンタイプの車があるのは、かなり目立つだろう。

それだけではない。

勝村は雑誌記者だ。様々な事件に遭遇し、修羅場を潜り抜けてきた。ナンバーも含めて偽装するくらいのことをしなければ、途中で見破られる可能性が高い。

「行くぞ」

犬井は、さくらの考えに納得したのか、ぶっきらぼうに言って歩き出した。

さくらも、そのあとに続いて歩き出す。

犬井の背中に目を向けたさくらは、この危機的な状況にあって、妙な安心感を覚えていた。

人間的には、決して相容《あいい》れない。だが、罠が待ち受けているかもしれないという、このシチュエーションに限っては、これほど頼もしい存在はない。

さくらが、犬井にだけ今回の情報を話したのは、もしかしたら彼の能力にある種の尊敬の念を抱いているからなのかもしれない。

さくらは、苦笑いを浮かべて妙な考えを振り払った。

今は、余計なことを考えている場合ではない。何としても、勝村を見つけなければならない。

そして――。

勝村自身の口から、あの写真の真意を聞く。

もし、本当に勝村が山猫の共犯者だったとしたら、自分はどうするだろう？

正直なところ、今のさくらには、その先のことは分からなかった。ただ、きっと勝村のことを恨んだり、憎んだりすることはできないだろう。

11

静まり返ったただっ広い倉庫に、デジタルタイマーが時を刻む電子音だけが響いていた――。

勝村の死へのカウントダウンだ。

無駄だと分かっていながらも、鉄の輪っかから足を抜こうと試みたが、外れるどころか、そうすればするほどに足に食い込んでくるような気がした。

完全に拘束されていればこんな悪あがきはしないのだろうが、なまじ両手が自由になっているが故に抗ってしまう。

おそらくは、これも深紅の虎の計算なのだろう。

あがき続ける勝村の姿を、山猫が現れるまでの余興だと考えているに違いない。

残虐で容赦がないだけでなく、冷徹で、悪魔的な思想の持ち主だ。

本音を言えば、こんなところで木っ端微《み》塵《じん》になることは避けたい。できることなら、生きてもう一度さくらに会いたい。

だが――。

山猫には、ここに来て欲しくないという思いもある。

勝村の視界にその姿はないが、深紅の虎とその一味は、息を潜めて山猫の到着を待っているはずだ。

そして、山猫が勝村のロックを外そうとするその瞬間を狙って狙撃する――。

別に山猫は友だちではない。それは、山猫自身も幾度となく口にしていたことだ。

そもそも、勝村がこんな状況に陥っているのは、山猫のせいでもある。

だが、だからといって、山猫が目の前で殺されることなど望んでいない。

思えば、山猫とは奇妙な関係だった。

友だちでもなければ、パートナーでもない。にもかかわらず、ことあるごとに協力して事件を解決してきた。

山猫は悪党から金を盗む。

世間からは、義賊と思われているが、どんな理由があろうと、他人の金を盗むのは悪だ。そして、山猫もそのことは承知していた。

だから再三に亘《わた》って、自分は義賊ではなくただの窃盗犯だと口にしてきた。

それが分かっていながら、勝村は山猫に加担してきた。

――なぜだろう？

考えてみたが、答えは出なかった。

さっき、山猫のせいだと思ったが、勝村も心のどこかで分かっている。これは、自分が招いたことだ。

山猫は、これまで勝村に何かを強要したことはなかった。

勝村の方から、山猫に関わっていったのだ。

そうなってしまったのは、単にスリルを求めていたからだろうか？　それとも、もっと別の感情があったのだろうか？

何にせよ、今が絶体絶命の状況であることには変わりない。

誰かに助けて欲しい。しかし、山猫には来て欲しくない。相反する感情が、勝村の中で交錯し、訳が分からなくなっていた。

デジタルタイマーが、残り十分をきった。

あと十分で、勝村の人生は終わる。

絶望にも似た感情が広がり、これまでの出来事が、勝村の頭の中を駆け巡っていく。

――もう終わりだ。

そう思った矢先、どこからともなく、声が聞こえてきた。僧侶《そうりょ》の読経のような、間延びしたような言葉の羅列。

いや、これは言葉の羅列ではない。

歌だ――。

「とぉら、とぉら、とぉら、こぉ～いぃはいちぃずぅぅ～、とぉら、とぉら、とぉら」

この調子外れの歌は――山猫だ。

いつもなら、ピンチのときにこの調子外れの歌を聴くと、救われた気がした。だが、今は違う。

相手は、山猫の行動を読んでいる。

倉庫の正面のドアが勢いよく開き、一人の男が姿を現した。

お祭りで売っているような、安物の猫のお面を被っていて、顔をはっきりと見ることはできない。

だが、おそらくは山猫だろう。

「よう。勝村。揉《も》め事か？」

山猫が、緊張感のない声で問いかけたあと、ゆっくりとこちらに向かって歩いて来た。

「止《よ》せ！　来るな！」

　勝村は力一杯叫んだ。

　だが、それは口枷のせいで、うーうーと唸《うな》っているだけのような状態だった。山猫にも、意味は通じなかったらしい。

「うるせぇな。そんなに騒がなくても、おれ様が助けてやるよ」

　山猫が、さらに歩み寄って来る。

　――ダメだ！　来るな！

　深紅の虎が、山猫を狙っている。身ぶり手ぶりで何とかそれを伝えようとしたが、上手くいかない。

　そうこうしているうちに、山猫が勝村のすぐ目の前まで来てしまった。

　助かりたい気持ちはある。しかし、それが山猫の犠牲の上でというのは、どうにも後味が悪い。

　そもそも、ここで山猫が死んだら、勝村は助からない。だとしたら、せめて山猫だけでも生き延びて欲しい。

「騒ぐな！」

　山猫が、猫のお面から覗く目を鋭く光らせながら一喝する。

その口調も、眼光も、山猫とは違う気がした。山猫は、いつものように陽気に振る舞っているが、どうやらそれは見せかけだけのようだ。

いつもと異なる反応からして、山猫は、自分が狙われていることを知っているのかもしれない。

それでも、なおこの場所に来た――。

つまり、何かしらの策があるということだ。山猫が勝村の前に屈《かが》み込み、足枷のロックの解除に取りかかった。

――本当に大丈夫なのか？

深紅の虎が、息を潜めているのだ。こんなに無防備に屈み込んだのでは、狙ってくれと言っているようなものだ。

勝村の心配を打ち砕くように、倉庫に銃声が轟《とどろ》いた。

深紅の虎が、狙撃したのだ。

その刹那《せつな》、目の前に屈んでいた山猫が、ゆっくりと仰向けに倒れた。

どこをどう撃たれたのかは分からない。

ただ、その身体を包むように血だまりが広がっていく――。

「山猫！」

勝村は、喉が裂けんばかりに吠《ほ》えた。

が、それは言葉にはならず、単なる呻きとなって倉庫に響き渡った。

映画のように、現実味のない光景だった。

勝村は、ただ呆然と倒れたまま動かない山猫の姿を見つめた。

信じられなかった。

山猫が、こんなところで撃たれて死ぬなんて——。

常に飄々《ひようひよう》と振る舞い、どんな危険なことが起きても、難なくそれを乗り越えてきたはずの山猫が、こうもあっさり死ぬはずがない。

だが——。

身体から流れ出す夥《おびただ》しい量の血が、じわじわと勝村の願望を侵食し、山猫が死んだという事実を突きつけてくる。

愕然《がくぜん》とする勝村を嘲《あざけ》るように、倉庫の中に笑い声が響き渡った。

機材の陰に身を隠していた、深紅の虎が姿を現した。

その笑い声は、ざらざらとしていた。かつての友を殺したことに、何の感慨もない。ただ、おかしくて仕方ないといった笑いだった。

勝村は、今になってようやく悟った。

この男は、あれこれ山猫との因縁を口にしていたが、本当は、そんなものはどうでもいいのだろう。

単純に人を殺すことを楽しんでいるのだ。

いや、もっと質が悪い。ゲームを仕掛け、獲物を追い詰め、自分にとって絶対に優位な状況に持ち込んでから仕留める。

深紅の虎がやったことは、復讐などではない。ただのハンティングだ。捕食を目的としないハンティングなど、虐殺と大差ない。

腹の底が、じりっと熱を持った。それは、瞬く間に血管を通じて全身を駆け巡り、身体が一気に熱くなる。

それが、殺意であることを、勝村は悟った。

山猫を撃ち殺した深紅の虎を、この手で殺してやりたい——その思いで全身が震える。

それと同時に、勝村は、山猫が自分にとってかけがえのない友人であったのだと自覚した。

山猫は、あくまで取材対象だと思い込もうとしていた。

だが、実際はそうではなかった。

勝村は山猫を友人だと思っていたからこそ、彼のことを警察に言わなかったし、幾つもの事件で協力してきたのだ。

それを認めなかったのは、おそらく、彼が反社会的な立場にあったからだろう。

固定観念に縛られ、自分はそうした連中とは違うと決めつけていた。だから、認められなかったのだ。

今になって、こんな単純なことに気付くとは――。

勝村は、怒りとともに深紅の虎を睨み付けた。口枷をつけられている勝村には、それが精一杯だった。

視線がぶつかるなり、深紅の虎は笑うのを止めた。

その目は、底のない穴のように暗い目だった。

おそらく、この男は、情というものを持ち合わせていないのだろう。

深紅の虎は、山猫に大切なものを奪われ、殺されかけた恨みがあると言っていたが、今の姿を見る限り、それも本当かどうか疑わしい。

「いい目をしているな」

深紅の虎は、呟くように言ったあと、手下に合図を送る。

手下の一人が勝村に歩み寄り、口枷を外した。

「ぼくは、あんたを許さない！」

勝村は叫んだ。

「ほう。どう許さないんだ？」

深紅の虎が、ずいっと顔を近付けながら訊ねた。

「…………」

悔しいが、この状況では、深紅の虎をどうすることもできない。そもそも身体が自由であったとしても、手も足も出なかっただろう。

「残念だが、餌としての役割を終えた君と、もう話すことはない」

深紅の虎は、そう告げると再び手下たちに合図を送る。

手下たちは仰向けに倒れている山猫の死体から、被っていたお面を剥《は》いだ。

深紅の虎は、それを見下ろして小さく笑みを浮かべると、勝村に背を向けた。

「我々は、引き揚げさせてもらう。残されたわずかな時間、ゆっくりと自分の人生を振り返るといい――」

深紅の虎は、そう言い残すと、手下たちと倉庫を出て行ってしまった。

扉の閉まる音が、やけに大きく聞こえた。

だだっ広い空間の中、時限式の爆弾を目の前に、足を拘束されたままの勝村と、血を流して倒れている山猫の死体が残された。

「山猫！」

勝村は、死体に向かって呼びかけた。

今の位置からでは、山猫の顔は見えない。だが、ふとした拍子に、こちらに顔を向け、いつものにやけた顔で起き上がってくる気がした。

「いつまで寝てんだよ。早く、これを外してくれよ」

もう一度声をかけてみた。

だが、山猫の死体が動くことはなかった。

死んでいるのだから、当たり前のことなのに、勝村には、どうしてもそれが受け容れられなかった。

「うあぁぁ！」

勝村は、叫び声を上げながら激しく身体を捩《よじ》ったが、どうすることもできない。

このまま、ただ自分が死ぬのを待つしかないのだろう。

これまでの人生が、走馬灯のように脳裏を過《よ》ぎる。そのほとんどが、幼い頃の自分ではなく、山猫と出会ってからのものだった。

それだけ、勝村の人生において、山猫の存在は大きいものだった。

彼のせいで、様々な事件に巻き込まれ、大変な思いもしたが、生きているという実感を得ることができた。

それだけではない。さくらと再会することができたのも、山猫の存在があったからだ。

出会ったのは、さくらだけではない。里佳子《りかこ》や細田《ほそだ》。それに、みのり、真生《まお》、犬井。

普通に生活していたら、顔を合わせることすらなかっただろう。

そうした多くの出会いは、勝村の中に、大きな変化をもたらした。

今の勝村の人生は、山猫の存在があってこそのものだと言っても、過言ではないだろう。

しかし、それもあと数分で終わる。

勝村は、友人の敵を討つことすらできずに、ここで爆死することになる。

「くそっ！」

勝村が、再び吠えたところで、唐突に倉庫の照明が落ちた。

――何だ？

目を凝らし、状況を確認しようとした勝村だったが、それを制するように、耳許で声がした。

「動くな」

聞き覚えのある声――。

それは、紛れもなく、あの男の声だった。

12

さくらは、犬井とともに埠頭の捜索を開始した――。

この倉庫街の一角に、偽警官に連れ去られた勝村がいるかもしれない。だが、その情報は名前さえ分からない女性から唐突にもたらされたもので、正直、信憑《しんぴょう》性に欠ける。

それでも――。

他に、手がかりが何もないというのが実情だ。雲を掴むような話だが、今はそれにすがるしか道はない。

「待て――」

歩いていたさくらを、犬井が制した。

何かを見つけたらしい。犬井が、箱形の倉庫の前に停まっている車を見るように促してきた。

黒塗りのクラウンだった。

ナンバーは、警察の覆面車輛が使用するものだ。

こんなところに、警察車輛が停車しているのは、あまりに不自然だ。勝村を拉致した偽警官たちが使用したものである可能性が極めて高い。

さらに、その車の横には、黒塗りのランドローバーが停まっている。

波止場の倉庫には不釣り合いな取り合わせだ。

「行くぞ」

犬井が、腰に差してある特殊警棒を抜きながら言った。

さくらは、頷き返した。今日は、待機任務だったので、拳銃や警棒の類いを持参していないのが悔やまれる。

「使え」

犬井が、さくらが完全な丸腰であることを察したのか、自分が所持していたニューナンブを差し出してきた。

「でも、それでは犬井さんが……」

「おれは、これで充分だ」

犬井が特殊警棒を、ぶんっと軽く素振りした。

強がっているわけではない。犬井は、これまでもその身一つで数多《あまた》の敵を薙《な》ぎ倒してきた男だ。

丸腰で足手まといになるくらいなら、犬井のニューナンブを拝借した方が良さそうだ。

「お借りします」

さくらがニューナンブを受け取ると、犬井は倉庫の前に停車しているクラウンに向かって歩き出した。

さくらも、そのあとに続いて足を踏み出す。

ちょうど同じタイミングで、倉庫の扉が開いた。中から、スーツ姿の男たちが、ぞろぞろと出て来た。

その中に、さくらは知っている顔を見かけた。勝村を連行しに来た偽刑事の一人、井野だ。

間違いない。勝村を拉致したのは、この連中だ。

状況から察して、勝村は倉庫の中にいるということだろうか？

「おい。お前たち。そこを動くな」

犬井が、大股《おおまた》で歩み寄りながら声をかける。

「何だ？　お前らは」

男の一人が、突っかかって来る。

「警察だ」

犬井が警察手帳を提示する。

「おや。こんなところで顔を合わせるとは、奇遇ですね」

別の男が言った。

黒いスーツに、肩までかかる長い髪をした男だ。

その男だけ、他の連中とは明らかに空気が違った。妙にまとわりつくような、嫌な目をしている。

おそらく、この男がリーダー格なのだろう。

「おれは、お前など知らん」

犬井が突き放すように言う。

「つれないですね。先ほど、お電話差し上げたではないですか」

男が、にいっと笑ってみせる。

「お前が深紅の虎か――」

犬井が、驚いたように目を見開く。

「ご名答」

男は、そう言いながら手で拳銃の形を作り、犬井に向かって「バン」と撃つ真似をした。

それと同時に、実際に銃声が響いた。

指から銃弾が放たれたわけではない。別の男が拳銃を抜き、発砲したのだ。

埠頭では、弾丸を避ける為の遮蔽《しゃへい》物がない。しかし、先ほど放たれた銃弾は、幸いにも的を外れたようだ。

さくらは咄嗟《とっさ》に身を低くしながら駆け出し、男たちとの距離を詰める。犬井も、同じようにして走り出した。

男たちは、その隙を突いて素速く二台の車に乗り込む。

「車から降りなさい」

さくらは、足を止めてニューナンブを構えた。

しかし、男たちは、そんなことはお構いなしに、タイヤを鳴らしながら車を急発進させた。

さくらは、車に向けて発砲したが、ライトの光で視界をやられ、弾丸が命中することはなかった。

そればかりか、車が猛スピードでさくらに迫って来る。

——拙い。

さくらは、転がるようにしてかわす。あと少しで轢《ひ》き殺されるところだった。

容赦のない連中だ。

すぐに起き上がり、再び狙いを定めて銃弾を放ってみたが、スピードを上げた二台の車を捉《とら》えることはできなかった。

犬井が、もの凄いスピードで、車を追って走っていったが、ぐんぐん離されてしまう。

やがて、犬井も追うのを諦めたらしく、足を止めた。

——逃がしたか！

怒りがこみ上げたさくらだったが、はっと気持ちを立て直した。

あの連中を逃がしたのは痛手だったが、そもそものさくらの目的は、勝村を見付けることだ。

勝村は、あの男たちと一緒ではなかった。つまり、倉庫の中に監禁されている可能性が極めて高い。

さくらは、倉庫に向かって駆け出した。

と、次の瞬間――。

地面を揺さぶるような轟音《ごうおん》とともに、倉庫が爆《は》ぜた。

――え？

何が起きたのか理解する前に、熱を帯びた爆風に襲われ、さくらは後方に吹き飛ばされてしまった。

打ち付けた背中に痛みが走ったが、それよりも、何が起きているのかの方が気にかかった。

慌てて立ち上がったさくらの目には、炎に包まれた倉庫が映った。

窓ガラスはおろか、壁も吹き飛び、柱を残すのみの無残な姿になっていた倉庫は、やがて、ガラガラと音を立てながら崩落した。

「勝村……」

炎と煙に包まれた倉庫の残骸《ざんがい》を見つめながら、さくらは虚《うつ》ろに呟くことしかできなかった――。

Midnight on the second day

二日目

深夜

1

舞い上がる爆炎を、勝村は半ば呆然《ぼうぜん》と見つめた——。

三十メートルは離れた場所であるにもかかわらず、衝撃波が地面を揺さぶり、熱を帯びた爆風に身体がよろめいた。

改めて目を向けると、倉庫は柱を残しただけで、あとは無残に吹き飛んでしまっていた。

たった一人の人間を殺す為に、あれほどの火薬を使用するなど、とても正気とは思えない。

あと少し救出が遅れていたら、間違いなく勝村の肉体は木っ端微塵《みじん》に砕け散ってしまっていただろう。

何にしても助かった。

そう思うのと同時に、足がガタガタと震え、立っていることができずにその場に座り込んでしまった。

「ゲス野郎が……」

隣に立っている山猫が低い声で呟《つぶや》いた。

普段、飄々《ひょうひょう》としていて、何を考えているのか分からない山猫だが、珍しく、烈火の如き怒りを抱えているのが分かった。

それは、おそらく深紅の虎に向けられたものだろう。

単に危険な罠《わな》を仕掛けたというだけではない。もっと別の個人的な怨恨《えんこん》が渦巻いているように思えた。

――深紅の虎と山猫との間に、いったい何があったのか？

気になるところだが、そこは勝村などが触れてはいけない領域のような気がした。

それに――。

勝村には、気にかかることが他にもあった。

山猫の助けを得て、勝村はギリギリのタイミングで爆弾の仕掛けられた倉庫から脱出できた。

しかし、いったいどんな方法を使ったのか、勝村には理解できていなかった。

そもそも、山猫は、深紅の虎に撃たれて死んだはずだ。

奴らは、山猫の被《かぶ》っていたお面を外し、その顔と死亡を確認している。だから、倉庫をあとにしたのだ。

「どうして、生きているんだ？」

勝村が問うと、山猫は冷めた視線を向けてきた。

「防弾ベストだよ。あいつらが狙っているのは、分かっていたからな」

山猫が無表情に言う。

「でも、死んでいることを確認してただろ？」

「呼吸や脈を誤魔化す方法なんて、いくらでもある」

「いったいどうやって？」

「企業秘密だ」

山猫がぴしゃりと言う。

これ以上の質問は、受け付けないという拒絶が窺《うかが》える。こうなったら、何を訊《き》いたところで、山猫は答えることはないだろう。

ただ、死んだと思い込ませる方法があるのだとしたら、あとは大凡《おおよそ》察しがつく。

山猫は、死んだふりをして、深紅の虎たちが倉庫から出るのを待ち、勝村の足枷《あしかせ》を外して連れ出したということだろう。

厳重なロックではあったが、天才を自称する山猫からしてみれば、朝飯前といったところか。

しかし、一つだけ引っかかることがある。

どうして山猫は、倉庫の照明を落としたのか——だ。

深紅の虎たちは倉庫を出て行ったのだ。明るい方が、簡単にロックを外すことができたはずだ。

そのことを訊《たず》ねようとしたが、山猫はさっさと歩いて行ってしまった。

「ま、待って」

勝村は、慌てて山猫の背中を追いかける。

「質問なら、もう受け付けねぇぞ」

山猫は、勝村に背中を向けたまま、ひらひらと手を振る。

「そうはいかないよ。これから、どうすればいいんだ？」

勝村は、口にしながら気持ちが萎《な》えていくのを感じた。

何とか生き残ったし、山猫も無事だった。だが、それで一件落着とはいかない。何せ、勝村は、山猫の共犯であるとの疑いをかけられている。

これまで幾度となく彼の仕事を手伝ったのだから、疑いというより事実ではあるが、このままだと、警察に捕まることになる。

逃亡生活を続けるという手もあるが、正直、自分にそこまでのサバイバル能力があるとは思えない。

当然、問題はそれだけではない。

深紅の虎は、もし勝村や山猫が生きていると知れば、執拗《しつよう》に追って来るに違いない。

「お前は、自分の生き方をおれに決められたいのか？」

山猫が足を止め、くるりと振り返った。

これまでに見たことがないほど、暗い目をしていた。この男が、闇の世界の住人であることを、改めて思い知らされたような気がする。

「いや、ぼくはただ……」

「ただ何だ？」

「えっと……」

「言っておくが、おれは、これまでお前に何かを強要したことは一度もない。お前が選んできた道だ。違うか？」

——違わない。山猫の言う通りだ。

今、こうしているのは、別に山猫の責任ではない。選択してきた勝村自身の責任だ。

そもそも、罪の意識があるなら、警察に自首すればいい。そこで、山猫について勝村があれこれ喋《しゃべ》ったところで、山猫は決して責めることはないだろう。

善良な市民であれば、そうするのが正しい。それは分かっている。だが——。

「このままじゃ終われない」

勝村の口から自然と言葉が出た。

それは、決意のようなものだったのかもしれない。

どうにかして、平穏な日常を取り戻したいという思いがあるのは確かだ。

その為には、自首して罪を償うことが最善の方法だということも理解している。

それなのに——心の奥で何かが燻《くすぶ》った。

「おれは行くぜ。お前はどうする？」

山猫が訊ねてきた。

迷っていたはずだったのに、勝村は「ぼくも行く——」とはっきりと口にしていた。

不思議な感覚だった。今、山猫と一緒に行けば、自分の状況をより悪くすることになるのは明白だ。

それでも、この事件の行く末を——山猫の進む先を、一緒に見たいと感じる。

山猫は、少し驚いたような表情を浮かべたが、やがて小さく首を振りながら笑みを漏らした。

「お前は、想像以上のアホだな」

「アホで悪かったな」

勝村は、得体の知れない自分の感情に突き動かされて、これまで築き上げた善良で良識のある一般市民という立場を捨てようとしているのだ。

いや、違う——。

そんなものは、とうの昔に捨ててしまっていた。

元々そういう気質だったのか、あるいは、山猫に出会ったことで感化されたのか——

―どちらにしても、勝村自身が選んだ道だ。

「じゃあ、行くとしますか」

「うん。行こう」

勝村は、山猫と一緒に闇に向かって歩き出した。

不意に背後から、誰かが呼ぶ声がした。だが、振り返らなかった。もう後戻りはできない。

2

すぐに消防車が到着し、消火活動が行われた――。

ただの火災ということであれば、さしたる騒ぎにはならない。だが、この倉庫は、明らかに爆発物を用いて爆破されたのだ。

現場には、消防のみならず、警察も駆けつけ、まるで祭りのような喧噪《けんそう》ぶりだ。爆弾処理班の姿も確認できる。

犬井は、その様をぼんやりと眺めながら、煙草に火を点《つ》けた。

紫煙を吐き出すと、脳裏に一人の男の顔が浮かんだ。

車で逃亡した連中の中に、肩までかかる長い髪の男がいた。黒く、よれたスーツを着ていて、見てくれは朝方に歌舞伎町《かぶきちょう》をうろつくホストのようだった。

だが――。

目だけは、他の連中と一線を画していた。

冷たく、かといって醒《さ》めているわけではない。言うなれば、狂気を宿した目をしていた。

奴が、深紅の虎だ。牧野が、犬井を狩る為に放った獣――。

あの男は危険だ。

理屈ではなく、本能がそう言っている。

奴は、己のルールの中で生きている。目的の為なら手段を選ばず、かつ徹底的にやる。その証拠が、この倉庫だ。

今の日本において、これだけのことをやってのけるのだから、相当な力を持っていることは間違いない。

何にしても、このまま終わるはずがない。奴とは、やがて相まみえることになるだろう。

ただ、深紅の虎が現れるのを、じっと待っているのも癪《しゃく》だ。こちらから動いて、奴を追い詰めてやる。

犬井は、煙草を投げ捨てると、ゆっくり歩き出した。

ふと、倉庫の前で呆然と立ち尽くしているさくらの姿を見かけた。

目の前で起きたことが信じられず、我を失っているようだ。やはり、この女は刑事に向いていない。

資質はあるが、心の根っこの部分が弱過ぎる。理知的に行動できるはずなのに、どうしても感情に流される部分がある。こと勝村に関しては、その傾向が強く働く。今回の一件が、まさにその象徴といえるだろう。だが、アドバイスをしようなどという殊勝な考えは持ち合わせていない。

潰《つぶ》れるも、潰れないも、本人の心次第だ。他人のアドバイスで、一時凌《しの》ぎをしたところで、根底が変わらなければ、また同じことを繰り返すだけだ。

無視して歩き去っても良かったのだが、犬井はさくらに歩み寄った。

「拳銃《けんじゅう》を返せ」

犬井が告げると、さくらは困惑したように眉《まゆ》をひそめる。

やはり、思考が停止してしまっているようだ。犬井が、「拳銃だ」と再び告げると、ようやく思い出したらしく、慌てた様子でニューナンブを犬井に手渡してきた。

「いったい何が起こったんでしょう」

立ち去ろうとした犬井に、さくらが声をかけてきた。

「知らん」

犬井は、突き放すように言った。

考えることを止めてしまった女と話をしたところで、得られるものなど何一つない。

「勝村は、やっぱり、あの瓦礫《がれき》の下に……」

さくらが震える声で言った。

涙こそ流してはいなかったが、悲嘆に暮れたその声に、犬井は苛立《いらだ》ちを覚えた。

「そう思うなら、そんなところに突っ立ってないで、自分で捜せばいいだろう」

言うつもりはなかったが、つい口に出してしまった。

呆然と立ち尽くしていたところで、何かが変わるわけではない。分からないなら、自分の目で確かめればいい。信じられないなら、自分の口で問えばいい。

たった、それだけのことだ。

誰かに答えを求めて、突っ立っていることに意味はない。

「でも、もし、勝村の死体が発見されたら……」

「お前は、警察を辞めろ」

「え？」

きょとんとするさくらの顔が、不愉快だった。

慰めの言葉でもかけて欲しかったのか？　もし、そうだとしたら、とんだ間抜けだ。

「事実確認もできず、憶測だけで泣いているような奴は、今すぐ警察を去れ。目障りだ」

「そんなつもりは……」

「だったら、どうしてそこに突っ立っている？」

「それは……」

「だから、お前は勝村のことを理解できなかったんだ」

「どういう意味です？」

「あいつは、山猫のパートナーだった男だ。だが、お前は奴の近くにいながら、そのことを見抜けなかった」

「違います。勝村は、山猫のパートナーなんかじゃありません」

さくらが、強い口調で否定した。

犬井からしてみると、その発言は矛盾に満ちていた。もっと筋の通った女かと思っていたが、見込み違いだったようだ。

「だったら、どうして偽警官に引き渡した？」

犬井が問うと、さくらは呆《ほう》けたように口を開けた。

自分の言動の矛盾に気付いたのだろう。周囲の状況に流され、ふらふらと自分の考えを変えるから、真実が何も見えてこないのだ。

「私は……」

「勝村のことを信じているなら、偽警官に引き渡すべきではなかった。その結果が、これなんだからな」

犬井は、崩落して瓦礫の山と化した倉庫を指差した。

さくらは、何も返せないらしく、呆然と倉庫を見つめている。

「お前は中途半端なんだよ。状況に流され、自分の意思をころころと変えるから、何も見えなくなる。もし、信じているのなら、目の前で何が起きても、信じ抜くべきだった」

犬井は、さくらに背を向けてため息を吐いた。

本当に見込み違いだった。

やはり、さくらは警察を去るべきだ。こんな風に、自分を見失っていたのでは、残ったとしても、何の意味もないだろう。

犬井は、真っ直ぐ歩き出した。

自分には迷いはない。自分は猟犬だ。わずかな臭いを辿《たど》り、真実を追い求めて、真っ直ぐに突き進む。

獲物を見つけたら、狙い澄まして、その喉元《のどもと》を喰《く》い千切るだけのことだ。

3

犬井が立ち去るのを見送ったさくらは、その場にへたり込んだ——。

これまで気付かなかった己の弱さを突きつけられたような気がする。いや、そうではない。本当は分かっていた。

周囲に流され、自分の核となるものが、何一つ無かった。

口では勝村を信じると言っておきながら、写真一枚見せられただけで、愚かにも偽警官に彼を引き渡してしまった。

もし、本当に勝村を信じているなら、あの場で食ってかかるべきだった。

おそらく、犬井ならそうしただろう。自分の目で見て、耳で聞いたこと以外は、決して受け容《い》れない——犬井はそういう男だ。

極端ではあるが、それが信念というものなのかもしれない。

犬井が言ったように、中途半端なさくらの思いの結果が、目の前にある惨状であることは間違いない。

もし、勝村が命を落としているとしたら、それは、紛れもなくさくらの責任だ。

ぎゅっと強く拳《こぶし》を握ったが、そんなことをしたところで、過ぎ去った時間を巻き戻せるわけではない。

――だとしたら、今の自分にできることは何か？

さくらは、崩落した倉庫に向かって、力強く歩みを進めた。

焦げた臭いが、次第に強くなっていく。さくらが近付くことを拒絶しているようだった。しかし、ここで挫《くじ》けては元の木阿弥《もくあみ》だ。

何としても、前に進まなければならない。

「死体は、発見されましたか？」

さくらは、近くで作業を行っていた消防隊員に、警察手帳を提示しながら声をかけた。

「いえ。今のところ発見されていません」

「そうですか」

その言葉を聞き、少しだけほっとする。

「ただ、この状態ですからね。もし、中に人がいたとしたら、木っ端微塵だったと思いますよ」

消防隊員が、うんざりだという風に、ため息を吐きながら言った。

確かにその通りだ。

百メートル先まで、瓦礫が吹っ飛んでいる状態だ。中に誰かいたとしたら、その身体はバラバラに吹き飛ばされているだろう。

急降下しそうになる気持ちを、さくらは慌てて繋《つな》ぎ止めた。

ここで、結果の見えないことに落胆していては、何も始まらない。今は、死体が発見されていないという事実だけを受け止めよう。

勝村は生きていると信じて、彼の行方を追う。それが、今のさくらにできる最良のことのはずだ。

そして、他の誰でもなく、さくら自身が勝村に問うのだ。あの写真の真相を――。

もし、写真が示す通り、勝村が山猫のパートナーだったとしたら、どうする？　不意に疑問が浮かんだが、さくらは強引にそれを振り払った。

そんなことを、今から考えても、何の意味もない。

だが――。

問題は、どうやって勝村を捜すかだ。

真っ先に浮かんだのは、倉庫から出て来た偽警官の素性を洗うことだったが、それはすぐに却下した。

偽警官については、すでに報告が上がっている。

警察が総力を挙げて追うだろうし、犬井も、その痕跡《こんせき》を追いかけるはずだ。

同じことをしても、非効率的だ。いや、それだけではない。勝村自身の口から、真実を聞き出す為には、誰よりも先に彼を見つける必要がある。

その為には、警察と同じ動きをしていたのでは意味がない。

別の線から勝村の行方を追わなければならない。

——何か手がかりは？

必死に思考を巡らせたさくらは、やがて一つの考えに行き着いた。

「電話——」

さくらが、この場所に足を運んだのは、勝村の危機を、さくらに報《しら》せてきた匿名の女の電話があったからだ。

名前は知らないが、あの声には聞き覚えがあるような気がする。

頭の中で、あのときの女の声を再生する。やがて、その声は、さくらの中にある記憶と結びついた。

おそらく、さくらは少なくとも二回、あの女と顔を合わせている。

ウロボロスの事件のときは、今回と同じように、勝村の危機を報せてくれた。そして、三猿の事件のときは、敵に囲まれたさくらたちに加勢してくれた。

電話の声は、あのときの女の声に間違いない。

そして、推測に過ぎないが、あの女は、山猫の関係者であるはずだ。

と、ここまで考えを巡らせたところで、さくらの脳裏に急速に勝村の顔が浮かんだ。

バーで一緒に呑《の》んでいるときの姿だ。

あまり酒の強くない勝村は、顔を真っ赤にしながらも、穏やかな笑みを浮かべ、さくらの話に相槌《あいづち》を打っていた。

——どうして、急にあのときの光景が？

困惑したさくらだったが、記憶が鮮明になるにつれて、その思いはどんどん変化していく。

気付いたときには、「あっ！」を声を上げていた。

あの女と会ったのは、二回ではない。他の場所でも、顔を合わせていた。

薄暗いバーの風景と同化していたが、間違いない。下北沢のバー〈ＳＴＲＡＹ　ＣＡＴ〉で勝村と呑んでいるとき、あの女はカウンターのスツールに腰掛けていた。

——単なる偶然か？

いや、さくらは仮にも警察官だ。偶然を信じてはいけない。

次に自分が何をすべきかを見出《みいだ》したさくらは、倉庫に背を向け、力強く一歩を踏み出した——。

4

勝村は、山猫と一緒にバー〈STRAY　CAT〉の扉を開けた——。

カラン——。

軽やかな鈴の音が響く。

中に入ると、店内に一つだけあるテーブル席のソファーに、でっぷりとした男が、座っていた。

山猫の協力者の一人、ハッカーの細田だ。

「てめぇ。何勝手に店に入ってんだ」

山猫が、露骨に嫌な顔をしながら言う。

「鍵《かぎ》を開けっ放しで出かける奴が悪い」

細田が、ふっくらとした頬を膨らませながら反論する。

まさにその通りだ。天才を自称する窃盗犯が、自らの部屋に鍵をかけずに出かけるというのは、医者の不養生ともいえるものだ。

「盗人猛々《ぬすっとたけだけ》しいとは、まさにこのことだな」

山猫が、マッチを擦って煙草に火を点ける。

「盗人が言うことじゃないだろ。それに、ぼくは、何も盗んでない」

細田が胸を張るようにして言った。

これまた正論だ。盗人が、他人を盗人と揶揄《やゆ》するなんて、冗談にしか聞こえない。

「じゃあ、何をしに来た？」

山猫は紫煙を吐き出しながら問う。

「お前って、本当に嫌な奴だね。無茶ぶりしておいて、何しに来た——はないだろ」

「ごちゃごちゃ言うな。ちゃんと報酬は払っただろう」

「言っておくけど、ぼくの専門はハッキングなの。断じて肉体労働じゃない。余計なことさせられたせいで、こっちは危なく吹き飛ぶところだったんだぞ」

「いいじゃねぇか。無事だったんだから」

「そういう問題じゃない」

「うるせぇな。お前のダイエットを手伝ってやったんだ。文句を言うな」

「ホント嫌な奴。とにかく、頼まれたモノは、そこに置いておいたから——」

細田が、部屋の隅を指差した。

そこには、巨大なクーラーボックスが置かれていた。これだけ大きな物を運んで来たのだとしたら、かなりの重労働だっただろう。

「分かった」

山猫は、クーラーボックスを一瞥《いちべつ》して、小さく呟く。その目が、一瞬だけ哀しみの色を宿したような気がした。

「というわけで、用は済んだから帰るよ」

部屋を出て行こうとする細田を、山猫が呼び止めた。

「例のデータの方はどうなってる？」

山猫が訊ねると、細田が嫌そうにはあっとため息を吐いた。

「一応、解読はできたけど、かなりヤバい代物だよ」

細田の声のトーンが明らかに変わった。

「どうヤバいんだ？」

「自分で確かめればいいだろ」

細田は、そう言ってＵＳＢメモリーを山猫に投げ渡すと、逃げるようにバーを出て行った。

山猫が、ＵＳＢメモリーを指先で弄《もてあそ》ぶ。

見覚えがある。あれは、事件の発端、システム開発会社のビルドから山猫が盗んで来たデータだ。

「それ、何が入ってるんだ？」

勝村が訊ねると、山猫は呆《あき》れたように首を振った。

「お前は、他人《ひと》の話を聞いてなかったのか？」

「あっ、そうか」

中身については、山猫もまだ確認していない。

「お前、パソコン持ってるか？」

山猫が、問いかけてくる。早速、データの中身を確認しようということだろう。

いつもなら、ノートパソコンを持っているのだが——。

「鞄《かばん》は、奴らに没収されちゃって……」

「何だよ。使えねぇな」

山猫が、吐き捨てるように言ったところで、バーの扉が開いた。

姿を現したのは、里佳子だった。

海外のファッション雑誌から、そのまま飛び出してきたような美人で、普段は下北沢でジュエリーショップを経営している。

以前は、警察官だったらしい——というところまでは分かっているが、その経歴は謎に包まれている。

そうしたミステリアスさが、彼女の魅力をより強めているような気がする。

「英男君に文句を言うくらいなら、自分でパソコン買いなさいよ。お金は持ってるでしょ」

里佳子はおどけた調子で言いながら、バッグの中からタブレット端末を取り出し、カウンターの上に置いた。

「では、早速、中身を拝見といきますか」

山猫は手を擦《こす》り合わせながら言うと、カウンターの反対側に回る。

「無事で良かったわ」

里佳子が、勝村の頰を指でそっとなぞる。

柔らかい感触に、身体がぞくぞくっと震え、鳥肌が立った。

「いや、あの……」

しどろもどろになる勝村を見て、里佳子が悪戯《いたずら》っぽく笑った。

「赤くなっちゃって、可愛い」

「いや、別に赤くなってなんて……」

否定してみたものの、顔が熱くなっているのが自分でも分かった。

「おいおい。いつまで遊んでんだ？」

山猫が、待ちくたびれたとばかりに促す。

「せっかちな男ね」

里佳子は、山猫を一瞥しつつも、カウンターのスツールに腰掛けた。

勝村もカウンターに向き直ったが、そこで、さっき細田が持って来たという巨大なクーラーボックスが目に入った。

「あれには、何が入っているんだ？」

勝村は、引き寄せられるように、クーラーボックスを指差した。

山猫から返事はなかった。里佳子も、訳知り顔で口を閉ざしている。こうなると、益々《ますます》クーラーボックスの中身が気になる。

「あれって、重要なものなの？」

勝村が改めて問うと、山猫が長いため息を吐いた。

「ああ。そうだ。あの中には、切り札が入っている」

「切り札？」

「そうだ。深紅の虎を、ぶっ潰す為の切り札だ」

山猫はあくまで平淡な口調で言った。だが、その奥に渦巻く憤怒《ふんぬ》の感情を隠し切れていなかった。

いったい、何が山猫をここまで怒らせているのだろうか――。

などと勝村が考えていると、急に山猫が「拙《まず》いな……」と呟いた。

その理由は、すぐに分かった。カツカツと階段を上ってくる靴音が、聞こえてきた。

ただの客か？　それとも――。

5

さくらは、下北沢にある雑居ビルの前に立った――。

駅から歩いて五分ほど。幾つかの路地を入った先にある場所だ。

この古びたビルの二階に、バー〈STRAY　CAT〉がある。これまで、幾度となく勝村と足を運んだバーだ。

間接照明に彩られ、静かにジャズの調べが流れる、落ち着いた雰囲気の店だった。

さくらは、別にやけ酒をしにこの店を訪れたわけではない。あくまで、事件解決の糸口を摑《つか》む為だ。

今回、さくらに勝村が拉致《らち》された場所を報せてくれた謎の女性――。

彼女は、事件について何か知っているはずだ。

名前も知らない女性だが、以前、このバーで呑んでいるときに、カウンターの隅に、彼女の姿があったことを思い出した。

バーに来たからといって、会えるとも限らないが、少なくともマスターからあの女性に関して情報を得ることはできるかもしれない。

雲を摑むような話だが、それでも、今のさくらにできることは他にない。

さくらは、階段を上り始めた。

カツカツと靴音がやけに大きく響いたような気がした。

扉の前に立ったところで、さくらは大きく深呼吸をする。

勝村と待ち合わせしているときなどは、何の気兼ねもなく、この扉を開けていたはずなのに、どういうわけか今は緊張してしまう。

この扉を開けてしまったら、二度とこれまでの日常に戻ることができない。そんな気がしてしまった。

――それでも構わない。

怖くないと言ったら嘘になる。だが、それでも、さくらは突き進むしかない。そうしなければ、二度と勝村に会うことはできない。

さくらは、意を決して扉を押し開けた――。

カラン――と扉に付いた鐘が鳴る。

「今日は、お一人ですか？」

馴染《なじ》みのバーのマスターが、気《け》怠《だる》げな表情でさくらに声をかけてきた。

「ええ」

さくらは、応じながら、店内を見回す。

客の姿はなかった。だが、珍しいことではない。この店は、いつも閑散としている。

だからこそ、落ち着いて呑める。

カウンターのスツールに腰掛けると、マスターが「何にします？」と訊ねてきた。

いつもなら、酒を頼むところだが、今日は呑みに来たわけではない。

「ウーロン茶を」

さくらが言うと、マスターは怪訝《けげん》な表情を浮かべる。

「まだ、職務中ですので」

さくらは、そう付け加えた。

「ああ。確か、警察官でしたね。何か事件ですか？」

マスターは訊ねながらも、正確かつ素速い動きでグラスに砕いた氷を入れ、ウーロン茶を注ぐと、コースターとともにさくらの前に差し出した。

さくらは、それを一口飲み、気持ちを落ち着ける。

「実は、今日はマスターにお訊きしたいことがあって来ました」

さくらは、言いながらマスターの顔色を窺った。

「私に、訊きたいこと……」

マスターは、呟くように言うと、慣れた手つきで自分のグラスにジャックダニエルを注いだ。

「ええ」

「美人からの質問なら、快くお答えしますよ。ただ、その前に、乾杯——といきましょう」

マスターがグラスを掲げる。

残念ながら、今は呑気《のんき》に乾杯などしている気分ではない。さくらは「それよりも—

――」と話を切り出す。

マスターは、乾杯を拒否されたことで、苦笑いを浮かべながら、グラスのジャックダニエルを口に含む。

「人を捜しています」

さくらが口にすると、マスターはグラスをキッチンに置き、マッチを擦って煙草に火を点けた。

紫煙がゆっくりと漂う。

「もしかして、捜しているのは、ボンクラの記者ですか？」

「どうして、そう思うんです？」

いきなり言い当てられたことに、さくらはドキリとする。

まだ、何も言っていないのに、どうしてマスターはそのことを知っているのか？　勝村の件については報道もされていないはずだ。

「情報を求めて、ここに足を運んだということは、私とあなたとの共通の知人ということになります。該当するのは一人だけです」

マスターの説明を聞き、すんなり納得した。

思えば、当然のことだ。少しばかり、ナーバスになり過ぎていたようだ。

「彼の居場所に、心当たりはありませんか？」

さくらが訊ねると、マスターは焦《じ》らすようにゆっくりと煙を吐き出した。

「残念ですが、思い当たる場所はありませんね」

「本当ですか？」

「ええ。私と彼とは、バーのマスターと客の関係に過ぎません。普段、どこで何をしているのかは、知りようがありませんし、そこに踏み込んでしまっては、客は落ち着いて呑むことができません」

「そういうものですか？」

「そういうものです」

「そうですか……」

落胆したが、この程度でめげている場合ではない。

気を取り直したところで、マスターの方から質問を投げかけてくる。

「彼と喧嘩《けんか》でもしたんですか？」

一瞬、何を言っているのか分からなかった。

やがて、その意味が腑《ふ》に落ちた。どうやらマスターは、痴話喧嘩が原因でいなくなった勝村を、さくらが捜していると思ったらしい。

が、考えてみれば、マスターの反応は正常なものだ。偽の警察官に拉致されたあと行方不明になっているなど、普通の感覚では考えが及ばない。

「彼は——勝村は、何らかの事件に巻き込まれて、行方不明になっています」

言うべきかどうか迷ったが、この先の話を続ける為には、マスターに状況の深刻さを伝える必要があると判断した。

「事件とは、穏やかではありませんね」

マスターが、驚きの表情を浮かべる。

「ええ。何としても見つけなければ、彼の命に関わります」

さくらが強い口調で言うのと同時に、どんっ——と何かがぶつかるような音がした。

マスターがカウンターの下に目を向け、何かを蹴《け》っているらしかった。

——どうして、蹴ったりしたんだ？

「あ、すみません。鼠がいたものですから」

マスターは、さくらの視線に気付き、にっこり笑みを浮かべながら言った。

鼠を蹴るというのは、どうにも釈然としない。何か、もっと別の理由があるような気がするが、それよりも勝村のことだ。

「私は、何としても勝村を見つけなければなりません」

「心配される気持ちも分かりますし、できることなら力になりたいところですが、残念ながら、私は何も知りません。そもそも、彼が行方不明になっていると、今知ったばかりですから……」

マスターが、改まった口調で言った。

その説明はさっきも聞いた。だが、さくらが問い質《ただ》そうとしたのは、何も勝村の行方ばかりではない。

「もう一つ、お訊きしてよろしいですか？」

「何です？」

「このバーに、よく出入りしている女性のことです」

「女性ですか？」

「ええ。髪が長くて、綺麗《きれい》な女性です」

「綺麗な女性はたくさんいます。もちろん、あなたも美しい」

マスターがずいっと顔を近付けて来る。

普段なら、適当に流すところだが、今は状況が切迫している。そんな冗談に付き合っている暇はない。

とはいえ、綺麗な女性というだけでは、数多《あまた》来る女性客の中から、個人を特定するのが困難なのも事実だ。

「切れ長の目の女性で、奥のカウンターで、一人で呑んでいるのを何度か見たことがあります」

「他に情報は？」

「そうですね……見かけによらず、腕っ節が強いです。格闘術を身につけていると思います。それから、以前、刑事だったというようなことを言っていた気が……」

さくらは、知っている限りの情報を口にした。

「ああ」

マスターがポンッと手を打った。

「知っているんですね」

「ええ」

「彼女について、分かっていることを教えて下さい」

さくらは、身を乗り出して懇願する。

「どうして彼女のことを嗅《か》ぎ回るんです？　あなたが捜しているのは、例の雑誌記者ですよね？」

事情を説明しようかとも考えたが、どう切り出していいのか分からない。

マスターは、あくまで部外者だ。おいそれと捜査情報を口にするわけにはいかない。

それに、下手なことを言って警戒されるのも厄介だ。

「それは、そうなんですが……」

「その女性が、雑誌記者と関連があるんですか？」

「これはあくまで推測に過ぎませんが、その女性が、彼の——勝村の居場所を知っている可能性があります」

「ほう。つまり、あの雑誌記者は、彼女と駆け落ちした——と」

マスターが顎《あご》に手をやりながら言う。

「はい？」

急に話がすり替わり、さくらは戸惑いの声を上げた。マスターはあくまで色恋の話だと思っているらしい。

「許しがたいですね。あなたという人がいながら、彼は別の女と逃げたんですか」

言い終わるなり、マスターは、またカウンターの下に目を向け、「この鼠め！　大人しくしろ！」などと言いながら、ドンドンと床を蹴る。

「本当に鼠ですか？」

カウンターの奥を覗《のぞ》き込もうとしたさくらだったが、マスターは「もう大丈夫です」と、それを制した。

さくらは、引っかかりを覚えながらもスツールに座り直す。

「まあ、何にしても、浮気して逃げたんですね」

「それはあり得ません」

「どうしてです？」

「勝村に限って、浮気なんて大それたことはできませんよ。そもそも、私は彼と交際しているわけではありませんから、勝村がその女性と恋愛関係にあったとしても、私がとやかく言う問題ではありません……」

今の言葉に嘘はない。

さくらは、勝村と交際していないのだから、誰と恋に落ちようと、文句を言うつもりはない。

それに、恋愛だけの問題なら、ここまで必死になったりしない。

何にしても、マスターに事情を説明しなかったせいで、話が思わぬ方向に向かってしまったようだ。

「そうですか。では、あんな男のことは忘れて、私と朝までじっくり楽しむってのはどうです？」

マスターが、意味深長な笑みを浮かべる。

どうやら口説かれているらしい。勝村の失踪《しっそう》も、事件に巻き込まれたという話も、あまり真剣に受け止めていないようだ。

「私は……」

言いかけたさくらの言葉を遮るように、バンッと勢いよくドアの開く音がした。

出入り口の扉ではない。店の奥にあるトイレのドアだ。

そして、中から一人の女性が姿を現した。

「あんた。いい加減にしなさいよ。どうして私が駆け落ちなんてするのよ」

不機嫌そうに言い放った女性は、さくらが捜していた人物だった――。

6

犬井は、馴染みの小料理屋の戸を開けた――。

女将《おかみ》が「いらっしゃい」と声を上げたが、犬井はそれには応《こた》えず、店の中を見回す。遅い時間帯ということもあり、客は一人だけだった。カウンター席に座り、ちびちびと酒を呑んでいる。

犬井に背中を向けてはいたが、それが誰なのかひと目で分かった。

――高橋だ。

犬井は、真っ直ぐに高橋の許《もと》に歩み寄る。

その気配を察したらしく、高橋が振り返った。犬井と目が合うなり、驚きの表情を浮かべる。

「だ、旦那《だんな》。どうしてここに？」

高橋は、しどろもどろになりながら言う。

この狼狽《うろた》えよう。やはり、高橋は犬井に対してやましい感情があるのだろう。

「お前に少し訊きたいことがある」

犬井が低い声で告げると、高橋が苦笑いを浮かべた。

「何です？　おれに話せることなら、何でも喋りますよ」

そう言いながら、高橋はカウンターの隣の席の椅子を引いた。

酒でも呑みながら話をしようというつもりなのだろうが、犬井にその気は全くない。

「表に出ろ」

犬井が告げると、高橋は「あ、いや、それは……」と口籠《くちご》もった。

どうやら、人気のないところに連れて行かれたら、痛い目を見ると分かっているようだ。

犬井は、ため息を吐きつつ、高橋の隣の椅子に座った。

「深紅の虎の情報は、誰に摑まされた？」

犬井は、高橋に睨《にら》みを利かせながら問う。

「誰にってわけじゃありません。ただ、そういう噂が出回っていたんで、旦那の耳に入れようと思っただけです」

言い終わると同時に、犬井は高橋の頭を摑み、そのままカウンターに力一杯叩《たた》き付けた。

高橋の前にあったグラスやら小皿が散乱したが、女将は慣れたもので、何も言わずにてきぱきと片付ける。

高橋は、突っ伏したまま呻《うめ》いていた。

鼻血が出ている。もしかしたら、鼻骨も折れているかもしれない。

人目があれば、穏便に話が終わると思ったようだが、それは勘違いだ。どんな状況であろうと、やることは変わらない。

「痛い思いをしたくなければ、つまらねぇ嘘を吐くな」

犬井の言葉に、高橋は返事をすることなく呻き続けている。

「分かったか？」

犬井は、高橋の髪を掴んで強引に顔を持ち上げた。

「は、はい」

高橋は、圧倒的な暴力に怯《おび》え、青ざめた顔で小さく頷《うなず》いた。

「いいか。慎重に答えろよ。そうでないと、今度は、頭蓋骨《ずがいこつ》が砕けるかもしれん」

高橋の髪を掴んだまま言うと、高橋は「はい」と震える声で応じた。

「お前は、誰に頼まれて、おれに深紅の虎の情報を流した？」

「せ、青門会の人間です」

青門会は、武闘派で知られる中国系のマフィアだ。

前回の三猿の事件のときに壊滅したかと思ったが、まだしぶとく生き残っていたらしい。

「青門会の誰だ？」

「は、張本《はりもと》って人です」

「何者だ？」

「詳しくは知りません。で、でも、青門会の日本支部の幹部らしいです。ボディーガードとか連れてました」

「その張本って男に、深紅の虎の情報をおれに流すように言われたんだな？」

「は、はい。旦那に情報を流せば、小遣いをくれるって……」

高橋は、目に涙を浮かべながら言う。

「幾らだ？」

「じゅ、十万です」

ただ情報を流すだけで十万も渡すとは――よほど金が余っているらしい。

「出せ」

犬井が告げると、高橋は震える手でポケットから財布を引き抜き、中から万札を十枚取り出し、カウンターの上に置いた。

「他に、何か言ってなかったか？」

「深紅の虎は、青門会の殺し屋だって話です」

「青門会の連中は、どうして、自分のところの殺し屋が、事件に絡んでいるなんて情報を、警察官のおれに流した？」

「それは、おれにも分かりません。ただ、これはゲームだって……」

「なるほどな」

高橋の話を聞き、色々なことに合点がいった。

前回の三猿の事件のとき、かつて犬井の相棒だった犯罪コーディネーターの牧野は、拘置所の中から情報を操り、青門会の連中を使って犬井を葬ろうとした。

結果、その目論《もくろ》みは失敗して、逆に青門会の日本支部の連中は、大量に逮捕されることになった。

そして、犬井は仕返しとして、牧野が裏切って青門会を潰そうとした——という偽の情報を青門会に流した。

拘置所の中で、青門会の連中に、私刑《リンチ》にされるかと思っていたが、牧野は、奴らを丸め込み、再び手を組んだということのようだ。

ただ、そこだけを追いかけたとしても、事件を解決することはできない。

今回の事件には、ビルドという会社が絡んでいることは間違いない。システム開発会社であるビルドと、中国系マフィアの青門会——この二つを繋ぐ線があるはずだ。

しかし、そのことを高橋に問い質しても意味はないだろう。

高橋は、小遣い稼ぎとして、言われた通りに犬井に情報を流したに過ぎないのだ。

「次、つまらない嘘を吐いたら、二度と立てない身体にしてやる」

犬井は、高橋から手を離したあと、カウンターの上の十万円を女将に渡した。

「迷惑料だ」

女将は、「受け取れません」と頑《かたく》なだったが、犬井は強引に押しつけるようにして店を出た。

路地を歩きながら、煙草に火を点ける。

次は、ビルドという会社に足を運ぶか、或《ある》いは、高橋に情報を流させた青門会の張本という男を追うか——。

そもそも、なぜ青門会は、わざわざ高橋を使って、事前に犬井に深紅の虎の情報を流したのか？

そこがどうにも解せない。

深紅の虎は、芝居がかった男だった。ゲームのようなものを楽しんでいるのだと思えば、納得できないでもないが、それで引っかかりが消えるわけではない。

考えを巡らしながら歩いていると、犬井の進路を塞《ふさ》ぐ影が立った。

目を向けると、高級そうなスーツを着た、三十代後半と思《おぼ》しき男が立っていた。

髪はしっかりとセットされ、フレームレスのメガネをかけた、いかにもインテリ然とした雰囲気の男だった。

その脇には、ボディーガードと思しき屈強な身体つきをした男が二人——。

「あなたが、犬井さんですね」

スーツの男が、のっぺりとした口調で言った。

「そうだ。お前は誰だ？」

「高橋から、私の名前は聞いているでしょ」

「お前が、張本か？」

「ええ」

「何の用だ？」

「少し、あなたとお話がしたいと思いまして。できれば、一緒に来て頂けませんか？」

口調は丁寧だが、有無を言わせぬ響きがある。

「断ったら？」

「そうですね——。力尽《ちからず》くということになるかもしれません」

張本が、その目に鋭い光を宿しながら言った。

7

勝村は、カウンターの下のスペースで丸くなっていた。

急にさくらがバーに来たので、山猫の指示で勝村はこの場所に身を隠し、里佳子はトイレに閉じ籠もることになった。

その姿は見えないが、声だけは聞こえていた。

さくらは、勝村の身を案じ、捜し回ってくれているようだった。何とか無事であることだけは伝えたい。

カウンターの下から身体を出そうとしたが、その度に、山猫にドンドンと容赦なく蹴りを入れられた。

めちゃくちゃ腹が立ったが、一度隠れてしまった以上、カウンターの下から出たときに、どう言い訳をすればいいのか分からないのも事実だ。

悔しいが、こうやって隠れていることしかできなかった。

やがて、さくらが里佳子らしき女性を捜していることが分かった。どうして里佳子なのかは不明だが、さくらは、彼女を見つけることが、勝村の消息に繋がると思っているらしい。

こうなると、里佳子は表に出るべきではない。

ところが――。

どういうわけか、里佳子が自らの意思で隠れていたトイレから出て、さくらの前に姿を現してしまった。

――どうして？

堪《たま》らず、カウンターの下から出ようとした勝村だったが、再び山猫に蹴られた。

そればかりか、山猫は屈《かが》み込んで勝村を睨み付けると、ドスを利かせた声で「大人しくしてろ」と告げた。

あまりの迫力に恐れをなしたというのもあるが、こういう言い方をするからには、何か考えがあってのことだろうと、勝村は息を潜め、さくらと里佳子の会話に耳をそばだてた。

「あなたは……」

「私に、何か用があるんでしょ」

里佳子が言う。

顔は見えないが、妖艶《ようえん》な笑みを浮かべているであろうことが伝わってきた。

「はい」

「でも、本当に捜しているのは、私じゃなくて、英男君なんでしょ」

「どうしてそれを……」

「あなたの声が、トイレまで聞こえていたわ」

「分かっているのなら、お訊きします。勝村の居場所を知っているんですか？」

「ええ。何となく察しはついているわ」

　里佳子の返答を聞き、勝村はドキリとする。

　もし、里佳子が勝村が隠れている場所を口にしたら、かなり拙いことになる。笑って誤魔化せるような状況ではない。

　どう説明していいのかも分からない。

　さっきは、勢いに任せて出て行こうとしてしまったが、山猫に蹴られることで、踏み留《とど》まって良かったと今になって実感する。

「どこですか？　勝村はどこにいるんです？」

　さくらの声には、切迫した響きがあった。

「ここで話すと店に迷惑がかかるわ。ついて来なさい」

　里佳子が言ったあと、コツコツと歩く音がして、カランッと扉の鐘が鳴った。どうやら、里佳子が店を出て行ったらしい。

　だが、さくらはそこに残っているようだ。

　ついて行くべきか否か、迷っているのだろう。

「彼女は、信頼できます」

山猫がポツリと言った。

「え？」

「根拠があるわけじゃありません。こういう仕事ですから、たくさんの人を見てきました。だから分かるんです。彼女は信頼できる」

しばらくの間を置いたあと、足音がして、扉の鐘が鳴った。

山猫の後押しを受けて、さくらは里佳子を追って店を出て行ったらしい。

——いったいこの先、どうなるのだろう？

「もう、出て来ていいぞ」

困惑している勝村に、山猫が言った。

カウンターの下に、縮こまるようにして隠れていた勝村は、おそるおそる立ち上がり、店内を見回した。

さっきまで、そこにいたはずのさくらと里佳子の姿はなかった。

本当に二人で出て行ってしまったらしい。

「大丈夫かな？」

勝村が呟くと、山猫が「知るか」と吐き捨てるように言い、マッチを擦って煙草に火を点けた。

　他人ごとのような口ぶりだが、そう安穏とはしていられない。

「気にならないの？」

　勝村が問うと、山猫はこれみよがしに、ぶはっと煙草の煙を吹きかけてくる。

「止めろよ。受動喫煙って言葉を知らないのか？」

「知っててやってるんだよ」

「だとしたら、相当に性格がねじ曲がってるね」

「今に始まったことじゃねぇだろ」

　山猫がふんっと鼻を鳴らす。

　仰《おっしゃ》る通り。そもそも真っ当な人間なら、窃盗などを生業《なりわい》にしない。

　何にしても、拙い状況であることに変わりはない。ただ里佳子のことだから、そう易々と情報を喋ることはないだろう。

　むしろ、隠れている勝村を助ける為に、さくらをバーから連れ出した節がある。

　問題はさくらがどう出るか——だ。もしかしたら、里佳子を逮捕するという選択をするかもしれない。

　そうなれば、里佳子は勝村のせいで捕まるということになってしまう。

「参ったな……」

　勝村は、頭を抱えるより他なかった。

「そんなに気になるなら、追いかければいいだろ」

山猫がしれっと言う。

「いや、それは……」

あまりいい方法とはいえない。

せっかく里佳子が機転を利かせてくれたというのに、ここでノコノコ勝村が出て行けば、話が拗《こじ》れることは必至だ。

そもそも、さくらの前に出て行って、何と言い訳すればいいのかも分からない。

「まあ、そう心配すんな。あいつのことだから、上手《うま》いこと丸め込むつもりだろうよ」

山猫は、気怠げに言いながら、グラスに入ったジャックダニエルをぐいっと呷《あお》った。

「そう簡単に行くかな……」

「どうしてだ？」

「だって、さくらさんは、警察官なわけだし……」

これまでさくらは、様々な事件を経験し、修羅場をかいくぐってきた。百戦錬磨の刑事だ。

私生活は分からないが、仕事に対する執念は相当なものだ。

「うじうじ言ってんだったら、何を話してるか聞いてみるか？」

山猫が、ニヤリと笑った。

「聞くってどうやって？」

「だからさ。今から、二人を追いかけて、身を潜めて盗み聞きするんだよ」

「でも見つかったら、拙いよね」

　二人がどこで話をするつもりなのか分からないが、余計なことをして、全てが台無しになるのは避けたい。

　気になるが、ここで里佳子からの連絡をじっと待つしかないというのが現状だ。

「まあ、お前のような鈍臭い奴と一緒だと、見つかっちまうかもしれねぇな」

「鈍臭いは余計だよ」

「鈍臭いだろうが」

「むっ……」

　腹は立つものの、あまり強く否定はできない。

これまで、鈍臭いと評されても仕方のない失態を、幾度となく繰り返しているのは事実だ。

「まあ、わざわざ跡をつけるまでもなく、会話を聞くことはできるけどな」

　山猫が、得意げに口にする。

「どういうこと？」

　勝村の問いに答えることなく、山猫は食器棚の奥から機材を取り出した。無線のレシーバーのようなものだ。

　それを見て、勝村は山猫の意図を察した。

　おそらく、盗聴器が仕掛けてあるのだろう。その電波を拾って、さくらと里佳子の会話を盗み聞きしようというわけだ。

「いつの間に、盗聴器なんて仕掛けたんだ？」

　勝村は、半ば呆れながら訊ねる。

　カウンターの下に隠れていたので状況は見えなかったが、さくらに盗聴器を仕掛ける隙はなかったように思う。

「いつの間にって――ずっとだよ」

「は？」

「だから、ずいぶん前から、あのエロ刑事の携帯電話には、盗聴器が仕掛けてあるんだよ」

「嘘だろ！」

　驚きのあまり大きな声が出た。

「嘘なわけねぇだろ。お前とエロ刑事が、夜な夜などんな会話をしていたかも、知ってるぜ」

　山猫が、にたっと笑みを浮かべる。

「なっ！」

「さくらさんが、恋人だったら楽しそうですね——とか言っちゃって」

「違うんだ。あれは……」

「何が違うんだ？　口説くなら、もっとスマートに口説けよ。遠回しに相手の気持ちを確認するなんざ、臆病《おくびょう》者のやることだ」

「本当、勘弁してくれよ……」

　火が出るほどに顔が熱くなる。

「どっちが先に電話を切るか——なんて、中学生のカップルみたいな気持ち悪い譲り合いをしているのも……」

「止めろ！」

　勝村は、山猫の言葉を掻《か》き消すように叫んだ。

　——最悪だ。

　こんな風に私生活の情報が漏れていると思ったら、もう、ろくに話もできない。

「盗聴なんて最低の人間のやることだ」

　勝村が、改めて口にすると、山猫がふんっと鼻を鳴らして笑った。

「窃盗犯相手に、そんな言葉が通用すると思ってんのか？」

「思わない」

「だったら、ごちゃごちゃ言うな」

「…………」

「で、お前はどうする？　最低の人間の仲間入りをするか？」

山猫がトントンと指先でレシーバーを叩く。

盗聴はよくない。断じてよくない。他人のプライバシーを盗み聞きするなんて、悪趣味にも程がある。

そもそも、盗聴は犯罪なのだ。

だが——。

今は、そんな綺麗事を言っていられない状況であることも事実だ。

「聞く」

勝村は、良心の呵責《かしゃく》を覚えながら口にした。

8

——力尽くとは、大きく出たものだ。

犬井は、張本という男に目を向けた。

武闘派で知られる青門会の幹部にしては、線が細く、優男という印象がある。ただ、それで油断してはいけない。

現に、ただ立っているだけなのに隙がない。おまけに、細められたその目は、異様なほどに鋭い光を宿している。

ボディーガードと思しき男たちも、立ち姿からして、単なるゴロツキとは違うことが分かる。

明らかに闘い慣れした雰囲気を漂わせている。

気を引き締めてかからなければ、こっちが痛い目を見ることになりそうだ。

「おれが、素直にその求めに応じるとでも？」

犬井はそう言いながら、少しだけ距離を詰めた。

まず、二人のボディーガードを制圧した方がいいだろう。その上で、張本を押さえる。ただ、正面から行くのは危険だ。不意を突く必要がある。

「いえ。あなたが噂通りの人なら、誰かに強制されるのを嫌うはずです」

張本が、冷静な口調で言った。

「ほう。こちらのことは、調べてあるってわけだ」

「ええ」

「だったら、話は早い。さっさと始めよう」

さらに距離を詰めようとした犬井だったが、張本が手を翳《かざ》してそれを制した。

「待って下さい。私は、こう見えて暴力は嫌いでしてね。腕っ節にも自信がありません」

「マフィア風情が、何を言ってやがる」

「知りませんでしたか？　最近のマフィアは、腕力だけではのし上がれないんですよ」

「そっちにやる気がなくても、こっちはお前に聞きたいことがある」

「拒否したら？」

「力尽くだ」

犬井は、腰に差した特殊警棒に手をかけた。

わずかな動きだったはずだが、ボディーガードの男二人は、それを察知して、盾になるように張本の前に並び立った。

犬井が一歩踏み出すなり、ボディーガードの一人が、敏捷《びんしょう》な動きで突進して来た。

——速い。

だが、最初から警戒していたので対処はできる。

バックステップを踏みながらボディーガードの突進をいなし、特殊警棒を抜いて横っ面に叩き付けようとした。

が、それを遮るように、もう一人の男が、犬井の顔面に蹴りを放って来た。

慌ててガードするも、凄《すさ》まじいまでの威力で吹き飛ばされてしまった。

すぐに体勢を立て直そうとしたが、それより先に、さっき突進して来た男が、犬井の顔面にパンチを繰り出して来る。

反射的にスウェーしてかわすが、拳が左のテンプルを掠《かす》めた。

脳が揺れて、身体がぐらつく。

犬井は、辛うじて転倒するのを堪《こら》えた。

――厄介だ。

一人ずつバラバラに攻撃を仕掛けて来るような連中なら、何人いようと物の数ではないが、こいつらはコンビネーションが出来上がっている。

やはり闘い慣れているようだ。

などと考えているうちに、ボディーガードの一人が、犬井に左右のパンチを打ち込んで来た。

バックステップでかわし、反撃に転じようとした犬井だったが、その間に、もう一人が背後に回り込む。

振り返るより先に、脇腹に回し蹴りを喰らった。

肉を抉《えぐ》るような、強烈な一撃だ。

思わず仰《の》け反ったところで、先に攻撃してきたボディーガードのパンチが飛んで来た。

何とか両腕でブロックしたものの、間髪を容れずにローキックが飛んで来る。

このままでは、袋叩きだ。

「止めろ！」

張本の声が飛んだ。

二人のボディーガードの動きが、ぴたっと止まった。

「まだ話の途中だ。余計なことをするな」

張本が告げるなり、ボディーガード二人が、青ざめた顔で退《ひ》き下がった。

さっき、腕っ節には自信がないと言っていたが、二人の怯え方は尋常ではない。

金の力だけでは、圧倒的な畏怖《いふ》は生まれない。言葉に反して、相当な腕を持っていることは明らかだ。

「どうして止める？」

犬井は、張本を睨み付けた。

これでは、まるで犬井が助けられたようになってしまう。

ただ、これは強がりに他ならない。

あのままやり合っていたら、かなり拙いことになっていただろう。

「私は、あなたと争う為に足を運んだわけではありません」

「ほう。なら、どうして姿を現した？」

「あなたに、お願いしたいことがあったんです」

「お願いだと？」

首を傾げざるを得ない。

マフィアが現職の警察官に頼みごとをするなど、賄賂《わいろ》以外に考えられない。だが、犬井のことを調べているなら、それに応じないということも分かっているはずだ。

「はい。お互いにとって、メリットのあることだと思いますよ」

張本は、ニヤリと笑みを浮かべた。

腹の底が見えない男だ。

「お前のようなマフィアと話して、メリットが得られるとは到底思えない」

「まあ、そう言わないで下さい。少なくとも、あなたの知りたがっている答えを教えることはできます」

「おれの知りたがっている答え？」

「ええ。どうして、私が高橋を使って、深紅の虎の情報を、あなたに流したのか――。あなたは、その答えを知りたいのではありませんか？」

全てお見通しということのようだ。

「お前は、素直に答える気があるのか？」

「もちろんです。その為に、あなたの前に姿を現したのです。どうぞ――」

張本が促すと、ボディーガードの一人が車の後部座席のドアを開けた。

乗れということらしい。

あまりに胡散《うさん》臭い。どう考えても、これは罠だろう。

だが――。

罠だからといって、ここから逃げ出すくらいなら、その中に飛び込むまでのことだ。

「いいだろう」

犬井は、そう応じながら特殊警棒を仕舞った。

「そう言って下さると思っていました」

張本が、いかにも嬉《うれ》しそうな顔で頷いた。

9

さくらは、目の前に座る女に目を向けた――。

下北沢にある、深夜まで営業している老舗《しにせ》の喫茶店の窓際の席だ。

シックな雰囲気の店で、優雅に珈琲《コーヒー》を飲んでいる女の姿は、まるで雑誌のグラビアだ。

「どうして、この店に移動したのですか？」

店内で話せば迷惑がかかると連れ出されたにもかかわらず、こうして別の店に入ったのでは同じことな気がする。

「お酒を飲みながら、話すことじゃないでしょ」

彼女は、小さく笑みを浮かべながら言う。

「それは……」

「それに、ここの珈琲は少し苦みが強いの。酔い覚ましには、ちょうどいいわ」

そう言いながら、彼女は再び珈琲を口に含んだ。

現職の警察官を目の前に、これだけ平然と振る舞っているのだから、その神経は相当に図太い。

「あなたは、勝村の居場所を知っているんですか？」

さくらが訊ねると、彼女はふっと笑みを零《こぼ》した。

「焦る気持ちは分かるけど、それでは、いい刑事にはなれないわよ」

「え？」

「一点に気を取られていては、何も見えないと言っているの」

「何を……」

何だか、話をはぐらかされているような気がする。

「そもそも、まずは私の素性を確認する方が先なんじゃない？」

彼女はそう言うと、茶目っけたっぷりにウィンクをしてみせた。

言われてみれば、確かにそうだ。勝村を捜すことで頭がいっぱいで、他に目が行っていなかった。

少し、冷静さを取り戻す必要がある。

さくらは、テーブルに置いてある珈琲カップを手に取ると、一口飲んだ。彼女が言ったように、かなり苦みが強く、思わず顔をしかめる。

酔い覚ましにちょうどいいという話も頷ける。

さくらは、珈琲カップを置き、大きく深呼吸してから、改めて彼女に目を向けた。

「幾つか、質問させて頂いてよろしいですか？」

さくらが口にすると、彼女は「どうぞ」と応じ、笑みを浮かべたまま頬杖《ほおづえ》を突いた。

「あなたのお名前を教えて下さい」

「里佳子」

「名字は何ですか？」

「里佳子よ」

「ちゃんと答えて下さい」

「私は、ちゃんと答えているわよ。里佳子と呼ばれている。私も、それでいいと思っている。個人を認識するのに、それ以外のことが必要かしら？」

まるで禅問答だ。いや違う。きっと、里佳子は、さくらをはぐらかし、あらゆることを煙《けむ》に巻こうとしているのだ。

「身分を証明するものはありますか？」

「そういうものは、持たない主義なの」

「何もないということですか？」

「そう」

「免許証でも、保険証でも、年金手帳でも、公共料金の請求書でも構いません」

「持ってないわ」

里佳子が肩を竦《すく》めた。

そんなはずはない。常に持っていないにしても、身分を証明するものが、一つもないというのは、あまりに不自然だ。

だが、これ以上追及したところで、素直に提示するとは思えなかった。

所持品のチェックや任意同行を求めることなども考えたが、そんなことをして態度を硬化されるより、話を先に進める選択をした。

「お仕事は、何をされているんですか？」

「そうね――人助け」

「はい？」

「人助けよ」

逃げるような回答ばかりで腹が立ったが、ここはぐっと我慢する。

「具体的に、どんなことをしているんですか？」

「色々よ。マフィアと闘っている警察官を助けたり——」

「やっぱり、あのときの」

前回の三猿の事件の際、バーで青門会の連中と乱闘になったときに、助けに入ってくれた女性がいた。

「あとは、愛《いと》しい人が拉致されて、途方に暮れている女刑事に情報を流したりしているわね」

そう言いながら、里佳子がわずかに目を細めた。

さくらを試しているような視線だ。

どうして、そんなことをしているのか？　里佳子の目的は、いったい何なのか？

そもそも、彼女は何者なのか？

訊きたいことが多すぎて、一瞬だけ混乱する。

が、そうした疑問を一つ一つ潰していたら、夜が明けてしまいそうだ。勝村の行方に関する情報を得ることが、最優先事項だ。

「教えて下さい。あなたは勝村の行方を知っているんですか？」

さくらが改めて訊ねると、里佳子がふうっと小さくため息を吐いた。

「さっきから、あなたは、英男君が生きているという前提で話をしているわね」

里佳子の言葉に、背筋が震えた。

「どういうことです？」

「どうもこうもないわ。あなたも見たでしょ。あの倉庫の爆発――」

「あの中に、勝村はいた――ということですか？」

「そうよ。せっかく情報を提供してあげたのに、あなたは間に合わなかった」

里佳子の言葉が、さくらの心を大きく揺さぶった。

爆発を見て途方に暮れたあのときの感情が再び蘇《よみがえ》り、嫌な浮遊感を覚えた。頭がくらくらする。

「勝村は――やっぱり死んだんですか？」

自分でも、声が震えているのが分かった。

里佳子はたっぷりと間を置いてから、小さく首を横に振った。

「生きているわ」

ほっとするのと同時に、怒りが沸き上がる。

里佳子は、さくらの心を揺さぶって楽しんでいるのかもしれない。

感情を爆発させたいところだが、勝村の行方を知りたいという想いの方が勝った。

大きく深呼吸する。

「やはり、勝村の居場所を知っているんですね」

「ええ」

「どこですか？」

「今、英男君は、ある男と一緒にいるわ」

「ある男？」

「山猫よ――」

里佳子の言葉で、目眩《めまい》が強くなった。

「やはり、勝村は山猫と共犯関係にあったということですね……」

口にしながら、視界がぼやけてきた。

「それは違うわね」

「違う？」

「そう。英男君は、山猫に利用されているのよ。今回の一件も、山猫に利用された結果よ」

「そうなんですか？」

「山猫はね、他人を利用するのが上手いの。英男君は、それに巻き込まれただけ」

「…………」

喋ろうとしたのだが、思うように声が出なかった。

「ごめんね。あなたの珈琲に、睡眠薬を入れさせてもらったの」

里佳子が、さくらの顔を覗き込みながら言った。

――睡眠薬？

いったい、いつ入れたのだろう――考えようとしたが、脳が働かなかった。気付いたときには、テーブルに突っ伏していた。

10

「どこに行くつもりだ？」

車の後部座席に座った犬井は、真っ直ぐ前を見たまま口にした。

いかにも高級そうな革張りのシートで、肘《ひじ》掛けまで付いていて、ゆったりとした空間が保たれている。

前の座席との間には遮蔽《しゃへい》板が設置されている。完全に密閉状態だ。

「どこにも行きませんよ」

隣に座っている張本が落ち着いた口調で言うと、優雅な所作で足を組んだ。

着ているスーツは、オーダーメイドだろう。チラリと見える腕時計も、スイス製で、都内にマンションが買えるほどの金額のものだ。

　成金趣味とは違い、どちらもこの男に似合っている。

「ただ、首都高をぐるっと一周するだけのことです」

　張本はそう続けた。

　てっきり、事務所などに連れて行かれると思っていたのだが、そういうわけではないようだ。

　犬井と会っていることを組織には知られたくない――ということなのだろう。

　盗聴や尾行のことも考慮して、こうして車で首都高を回りながら話をしようというわけだ。

「それで、話ってのは何だ？」

　犬井が問うと、張本の表情が引き締まった。

「さっきも言いました。あなたにとって、メリットのあるお願いをしようと思っているんです」

　口調は柔らかいし丁寧だ。だが、それ故に、どうにも油断できない。

　勢いだけの悪党なら扱いは簡単だ。思考が単純で、目先の損得だけで行動するから、考えを読むのも容易《たやす》い。

　だが、張本のような狡猾《こうかつ》なタイプは厄介だ。

どこからどこまでが真実なのか判断するのが難しい。

「どんなお願いだ？」

犬井は、最大限の警戒をしつつ訊ねた。

「深紅の虎に関することです」

「だろうな」

「深紅の虎は、青門会に属する殺し屋です。あの男が来日した目的は、大きく二つあります。一つは、あなたを葬り去ること。そして、もう一つは、山猫を消し去ることです」

「どうして、深紅の虎は山猫を付け狙う？」

犬井を狙う理由は、すでに耳にしている。

現在、拘置所に収容中の牧野が、犬井を逆恨みして、殺害を依頼したのだ。だが、山猫が狙われる理由が分からない。

「そこは、少し勘違いをされているようですね」

「何？」

「先ほども言いましたが、深紅の虎は、青門会に属しています。つまり、山猫を狙っているのは、青門会と言った方がいいでしょう」

いちいち細かいことを気にする男だ。

「青門会は、なぜ深紅の虎を呼び、山猫を追い回している？」

「ビルドの一件が関係しています」

「この前、山猫が盗みに入ったシステム開発会社だな」

「ええ。かねて、山猫がビルドを狙っているという情報を、青門会は摑んでいました。しかし、今、ビルドのことを山猫に嗅ぎ回られるのは、あまり望ましいことではありません。そこで、邪魔者になるであろう山猫を排除する為に、深紅の虎を呼んだ――というわけです。もちろん、三猿の事件の報復の意味合いもあります」

　張本の喋り方が、どうにも引っかかった。

自分自身が、青門会の日本支部に属しているにもかかわらず、まるで自分は部外者であるかのような言い様だ。

「ビルドというのは、青門会の傘下の企業だったのか？」

「いいえ」

　張本は首を振った。

「おかしいじゃねぇか。自分たちの兄弟企業でもない会社が、山猫に狙われているからって、どうしてお前ら青門会がしゃしゃり出てくる？」

「そこは、複雑な事情が絡んでいます」

「おれはその事情を訊いている」

「残念ながら、それについては、私の口からお話しすることができません」

張本は、ゆっくりと足を組みかえる。

その表情は、優位に立ち、勝ち誇っているように見える。

顔面を殴って、表情を歪《ゆが》めさせてやろうかと思ったが止めておいた。この手のタイプは、暴力には屈しない。

言葉を濁してはいるが、何となく見えてきた部分もある。

おそらく、青門会は、山猫とは違った理由で、以前からビルドに目を付けていたのだろう。

そこに、山猫の情報が入ってきた。

目的は違うものの、競合する可能性があるので、邪魔者である山猫を排除しようとした——といったところか。

しかし、分からないことがある。

犬井の調べた範囲では、ビルドはシステム開発会社だ。山猫ならともかく、中国系のマフィアが目を付けるような企業ではない気がする。

ただ、それを張本に問い質したところで、煙に巻かれるだけだろう。

「で、お前の頼みとは何だ？」

それが、一番の問題だ。

いったい張本は、犬井に何を頼もうとしているのか？

「深紅の虎を、捕らえて頂きたいんです」

「何？」

さすがの犬井も驚き、張本に目を向ける。

前を向いたままの張本の顔は、まるで人形のように表情がなかった。

「もう一度言います。深紅の虎を捕らえて頂きたい。もちろん、我々に引き渡したりする必要はありません。あなた方の法に則《のっと》って裁いて頂いて構いません。あるいは、殺してしまったとしても――」

「お前……」

「深紅の虎を捕らえる為の情報は、私の方から提供させて頂きます」

「何を企《たくら》んでいる？」

「あなたほどの人なら、何となく察しがついているんじゃないんですか？」

張本が、薄く冷たい笑みを浮かべながら、犬井に目を向けてきた。

指摘された通り、頭に思い描いていることはある。

青門会は一枚岩ではないということだろう。張本は、ビルドに関する一件について、上層部と意見を対立させているに違いない。

どんな計画を青門会が立てているかは不明だが、張本はそれを嫌っている。

正面から対立すれば、組織内での自分の立場が悪くなる。故に、犬井のような部外者に、自分の組織の暗殺者への対処を頼もうとしている——。

「おれが、その頼みごとを聞くとでも？」

犬井が訊ねると、張本はふっと笑みを零した。

「私が頼まなくても、あなたは深紅の虎と対峙《たいじ》しなければならない。違いますか？」

優越感に浸ったような言い方が気に入らないが、張本が言ったことは事実だ。

深紅の虎は、犬井もターゲットにしている。どのみち、やらなければならないのは間違いない。

「嫌な野郎だ」

「そうですか？　何なら、それなりの報酬を出してもいいのですが、あなたは、それを受け取るような人ではありませんよね」

「よく調べてあるな」

「ええ。それが、私の仕事でもありますから。深紅の虎を押さえられるとしたら、あなたのような人しかいないと思っているんです」

「ずいぶんと、持ち上げたもんだな」

「敢《あ》えて、あなたの返事は聞きません。私は、これからも、あなたに深紅の虎に関する情報を提供します。私の意思で勝手に——」

張本は、そう締め括《くく》った。

今日が初対面だが、犬井の性格を熟知している。適切な落としどころを、最初から用意してあったということのようだ。

張本の車は、最初に言った通り、首都高を一周し、元の場所に戻って来たところで停車した。

「あなたに会えて良かった」

車を降りようとしたところで、張本が握手を求めてきた。

犬井は、それに応えることなく車から出た。

気分を害するなどということはないはずだ。犬井が、そうした馴れ合いを嫌っていることは、張本も分かっているだろう。

走り去って行く車を見送ったあと、犬井は煙草に火を点けた。

「面白くなってきやがった」

呟くように言ったあと、犬井は夜の街に向かって歩き始めた——。

The third morning

三日目

早朝

1

どこからともなく、声が聞こえてくる。

「きぃせぇえつぅのぉ〜なあぁい街にぃいぃ〜生まぁあれぇえ〜……」

それは、どんどん近付いて来るようだった。

「風ぇのなぁあぁいぃぃ〜丘にぃ育ちぃぃ」

狂言のような、独特の節回し。あるいは、祝詞《のりと》のようなものだろうか？

「夢ぇのないぃぃ家ぇをうおう出ぇえてぇ〜」

——いや。違う。

「愛ぃのなあぁぁいぃぃ〜人おおうぅぅにあう〜」

これは歌だ。

それを認識すると同時に、ぼんやりとしていたさくらの意識が、一気に覚醒《かくせい》した。

——ここはどこ？

顔を上げて視線を走らせる。

打ちっ放しのコンクリートの壁に囲まれた部屋だった。天井から、裸電球がぶら下がっていて、辛うじて視界を確保することができた。

老朽化が進んでいて、あちこちにガラクタのような廃材が散乱している。

どういうわけか、さくらのすぐ目の前には、古いブラウン管のテレビが設置されていた。

立ち上がろうとしたが、思うように身体が動かない。

手首を後ろに回され、ロープか何かで縛り付けられているようだ。

——どうして、こんなところで拘束されているの？

疑問は浮かんだが、すぐに状況を理解した。

さくらは、バー〈ＳＴＲＡＹ　ＣＡＴ〉で、里佳子と名乗る女性と会っていた。彼女の誘いを受け、深夜まで営業している喫茶店に足を運んだ。

そこで珈琲《コーヒー》を飲むと、頭が朦朧《もうろう》として、強い力で引っ張られるように眠りに落ちた。

さくらの飲んだ珈琲に、睡眠薬が仕込まれていたのだ。

考えてみれば迂闊《うかつ》だった。里佳子は、山猫の一味と思われる女だ。多少強引ではあるが、任意同行などで近くの警察署に引っ張れば良かった。

勝村の身を案じるあまり、判断ミスを連発しているように思う。

私情に振り回され、冷静な判断力を失い、まんまと敵の手に落ちるなど、警察官失格だ——。

悔しさがこみ上げてきたが、こうなってしまっては、後の祭りだ。

「ようやくお目覚めだな。お姫様——」

耳許《みみもと》で誰かが囁《ささや》いた。

振り返ってみたが、高い背もたれのある椅子で、その姿を確認することができない。

「あなたは、いったい誰？」

さくらは冷静になるように、自分に言い聞かせながら訊《たず》ねる。

「あんたが、捜している男だよ。お姫様——」

笑いを含んだ声で、男が言った。

「山猫——」

頭に浮かんだ名を口にすると、「正解」と返事があった。

どうやらさくらは、里佳子に眠らされたあと、こうして山猫の前に連れて来られたというわけだ。

「あなたが、山猫だという証拠はあるの？」

さくらは問いかけた。

本当に、そんなことを確認したいわけではない。脱出の算段を立てる為の時間稼ぎがしたかっただけだ。

「証拠はない」

「だったら、せめて顔を見せて。そうでないと、あなたが山猫だと確かめることができないわ」

さくらは、気付かれないように、手首を動かしてみる。

ロープで縛られているが、結び目はそんなにきつくはない。これなら、外すこともできるかもしれない。

「おかしなことをいう」

「何がおかしいの？」

「顔を見たところで、あんたは、おれを山猫だと確認することはできない。何せ、おれの素顔を知らないんだからな」

まさに、その通りだ。

神出鬼没の窃盗犯、山猫は、その存在が認知されているだけで、さくらだけでなく、誰もその顔を見ていない。

「そうだったわね。だったら、一つ訊《き》かせて」

「美しいお姫様のお願いとあらば、断るわけにはいかないな」

芝居がかっている上に、気障《きざ》ったらしい口調が鼻につく。

派手な演出を好む山猫らしい話し方だ。他にも、こういう話し方をする人間を知っているような気がしたが、思い出せなかった。

「どうして、私を拉致《らち》したの？」

ロープを解《ほど》く為に、手首を動かしながら訊ねる。

「どうしてもこうしてもない。あんたの方が、おれを捜していたんだろ。だから、こうして会う機会を設けたんだ」

「会うって……顔も見せないのに、会っていると言えるの？」

さくらが問うと、山猫がははっと声を上げて笑った。

「そうだな。でも、あんたにおれの姿を見せることはできない」

「どうして？」

「理由は二つ。一つは、あんたが優秀な刑事だからだ。至近距離で対面したりしたら、きっとあんたは、おれを捕まえる為の手がかりを掴《つか》むだろう」

山猫のような男に褒められても、全然嬉《うれ》しくない。

「もう一つは何？」

「会えば、きっとあんたはおれに恋をする――」

甘く囁くようなトーンで山猫が言った。

ぞわっと肌が粟立《あわだ》つ。

よくもまあ、平然とそんなことを言えるものだ。身の毛もよだつナルシストだ。もしくは、救いようのないアホか。

「おれの方からも、質問がある」

今度は、山猫が訊ねてきた。

「何？」

時間稼ぎをする為にも、会話は長く続けた方がいい。

「あんたは、どうしておれを捜しているんだ？　やっぱり、おれに恋をしたからか？」

「違うわ！」

さくらは、即座に否定した。

「ほう。ではなぜだ？」

「あなたは、勝村英男の行方を知っているはずよ」

さくらが口にすると、山猫は何がおかしいのか、くっくっくっと笑い声を立てた。

「あんたの言うように、おれはその男の行方を知っている」

――やはり。

「どこにいるの？」

「前を見てみな」

促されて視線を向ける。

古いブラウン管のテレビが目に入った。テレビの電源が入り、そこに映像が映し出される。

「勝村！」

　さくらは、思わず声を上げた。

　モニターに映し出されたのは、勝村の姿だった。さくらと同じように、椅子に縛り付けられ、ぐったりとしている。

　酷《ひど》い拷問を受けたのか、顔のあちこちに痣《あざ》ができていた。

　その上、黒い布のようなもので目隠しがされている。

「勝村をどうするつもり？」

　さくらが声を荒らげると、ふふっと押し殺した笑い声が聞こえてきた。

「さて、どうするだろうね。もしかしたら、殺すかもしれない」

「仲間じゃないの？」

　さくらが問うと、山猫の笑い声が部屋に響いた。

「冗談は止めてくれ。こんな、ドジのお人好《ひとよ》しを仲間になんかしたら、おれの尻《しり》に火が点《つ》いちまう」

「でも……」

「あんたに、いいことを教えてやろう。こいつは、餌であると同時に、警察を攪乱《かくらん》する為の道具でもある」

「どういうこと？」

「おかしいと思わなかったか？」

「何が？」

「この男は、常におれの犯行現場の近くに姿を現した。今回の事件でもそうだ。警備員の制服まで着て、現場をうろついていた」

さくらは、わずかに顎《あご》を引いて頷《うなず》いた。

今回の事件では、現場付近をうろつく勝村の姿が写真で撮影された。そのデータが警察に送られてきたことで、勝村が山猫の共犯者ではないか――と警察は疑いを持つことになったのだ。

「全然関係のない男を、共犯者だと思って警察が追い回す。その隙を突いて、おれは自由に逃げ回れるってわけだ」

「そんな……」

「そもそも、どうしてこの男が、常におれの犯行現場付近にいたと思う？」

さくらは今回の一件で、勝村が山猫の共犯者だからだと思っていた。だが、今の山猫の口ぶりからすると、それは見当外れなようだ。

「どうしてなの？」

「おれが、匿名の情報提供者となって、この男を操ったからだ。さっきも言ったように、警察を攪乱する目的のときもあれば、ターゲットの連中にわざと不審者として捕まえさせて、向こうの動きを操る為だったこともある」

「なっ！」

驚きの声を上げたさくらだったが、改めて考えてみると、思い当たる節がある。

ウロボロスの事件のときも、三猿の事件のときも、勝村の動きは、陽動のような意味を持っていた。

「それを、勝村は知っていたの？」

「このボンクラ記者が気付くと思うか？　この男は、知らず知らずのうちに、ピエロを演じていたんだよ」

「だったら、どうしてそんな風にして拘束しているの？　今すぐ解放しなさい」

「それはできない」

「なぜ？」

「この男は、おれの顔を見ちまった——」

急に山猫の声が暗くなった。

山猫は、変装の達人で、その素顔を知っているものは誰もいないとさえ言われる人物だ。素顔を隠すことで、これまで警察の目を欺き続けてきた。

もし、勝村が山猫の素顔を見たのだとしたら、それは最大の秘密を握ったことになる。

素顔を暴かれるくらいなら、殺してしまおうという考えなのかもしれない。

――冗談じゃない。

「これ以上勝村に手を出したら、絶対に許さない！」

さくらは、声を大にして言う。

「ほう。どう許さないんだ？　そもそも、あんたは拘束されているんだ。いくら叫んだところで、無駄なんだよ」

山猫が、勝ち誇ったように言う。

だが、そうした態度を取る間に、山猫に隙が生まれている。さくらは、会話をしながらも、手首のロープを解いていた。

「無駄じゃないわ」

両手が自由になれば、いくらでもやりようがある。

しかも山猫は、こちらを拘束していると、完全に油断しているはずだ。

さくらは素速く立ち上がり、背後にいる山猫に飛びかかろうとした――が、目の前にある物を見て、愕然《がくぜん》とした。

山猫は、さくらの背後に立っているものとばかり思っていた。

だが、実際にさくらの後ろに立っていたのは、マネキン人形だった。顔の部分に、スピーカーが貼り付けてある。

そのスピーカーを通じて会話をすることで、自分が背後に立っているように思い込ませたのだ。

さくらを拘束するのに、わざわざ背もたれの高い椅子を用意したのも、そうした意図があってのことだったのだろう。

〈残念だったね〉

テレビの中から声がした。

さくらは、改めてテレビに目を向ける。

いつの間にか、モニターに映る勝村の隣に、猫のお面をつけた男が立っていた。

おそらく山猫だ――。

〈こいつには、まだまだピエロとして、働いてもらわなきゃならないんでね。悪いが今は、返却できない〉

「何を勝手なことを言ってるの！」

さくらは、テレビに齧《かじ》り付くようにして叫んだ。

〈返して欲しければ、おれを追って来い〉

山猫が言うなり、ブツッと画面がブラックアウトした。

悔しさがこみ上げてくる。完全に、山猫に弄《もてあそ》ばれた恰好《かっこう》だ。だが、それよりもほっとする感情の方が強かった。

勝村は生きていた――。

そして、山猫の共犯者などではなかった。

それが分かったことは、何よりの収穫だといえよう。

ただ、このままにしておけば、いずれ勝村は命の危機に瀕《ひん》することになりかねない。

勝村を救い出す為にも、全力で山猫を追う。

さくらは、決意を新たにした――。

2

「どうして、こんな猿芝居をする必要があったんだ？」

勝村は、ずいっと山猫に詰め寄った。

さっきまで勝村は、廃工場のようなこの建物の中で、椅子に縛り付けられていたのだ。

目の前には、三脚とカメラが設置してあり、リアルタイムで撮影されていた。

勝村には、相手の声しか聞こえなかったが、そこにいたのは、間違いなくさくらだ。

山猫は、勝村を拉致したかのように振る舞って見せたのだ。

どうして、そんな芝居をさくらに見せる必要があったのか、勝村には理解できなかった。

「どうしてもこうしてもあるか。お前の為にやってやったんだろうが」

山猫は、呆《あき》れたという風に、両手を広げた。

勝村は今、山猫の共犯者であるという疑いをかけられている。さっきの行動が、それを晴らす為のものだったことは、勝村にも分かっている。

しかし、問題はそこではない。

「そういうことじゃない」

「じゃあ、どういうことだ？」

「どうして、ぼくを助けるようなことをしたのかって訊いてるんだ」

山猫は、現代の義賊などと呼ばれているが、彼自身が、そうした見方をされることを嫌っている。

自らを悪党だと言って憚《はばか》らない男だ。

そんな山猫が、善意で勝村の疑いを晴らす為の手助けをするというのは、どうにも腑《ふ》に落ちない。

山猫からしてみれば、勝村が警察に追われていた方が、何かと都合がいいはずだ。手間暇をかけて、こんなことをする理由がない。

「お前は、いつからそんなひねくれ者になったんだ？」

山猫はポケットから煙草を取り出すと、マッチを擦って火を点けた。

「ひねくれ者って……」

「せっかくの好意だ。素直に受け取ればいいだろ」

「ただより高いものはない」

「何が言いたい？」

「あんたは、いったい何を企《たくら》んでいるんだ？」

勝村の問いに、山猫はすぐには返事を寄越《よこ》さなかった。煙を吐き出すと、ゆっくりと宙を漂う紫煙を、物憂げな表情で見つめる。

この男の目には何が映っているのだろう？

倉庫での一件以来、どうにも山猫の様子がおかしい。勝村を拉致した深紅の虎が関係していることは察しがつくが、彼の存在が、具体的に山猫へどんな影響をもたらしているのかが見えてこない。

「あんたが企んでいることは、何なんだ？」

いつまでも返事をしない山猫に業を煮やして、勝村は再び問いかける。だが、それを遮るように、山猫の携帯電話が鳴った。

「おれだ——」

山猫が、電話に出る。

内容までは分からないが、漏れ聞こえる声からして、おそらく相手はハッカーの細田だろう。

ビルドから盗み出したデータを解読したのが細田だ。それに関することに違いない。

「やっぱりそうか。これで、奴らの狙いが分かったな――また、連絡する」

山猫は、そう会話を締め括《くく》り電話を切った。

「何か分かったのか？」

勝村が問うと、山猫は煙草をポトリと床に落とし、それを踏み消した。

「お前が知る必要のねぇことだ」

山猫の答えは、冷たかった。

「知る必要ないって……そうはいかないよ。ぼくは、もう巻き込まれているんだ。このままだと、警察に追われ続けることになる」

勝村の主張を、山猫は一笑に付した。

「お前は、もう追われることはねぇ」

「どうして？」

「あのエロ刑事が、お前の無実を証明してくれるはずだ。その為の芝居だったんだからな」

「あの程度で、警察が納得するわけないだろ」

勝村は、強い口調で言った。

残念ながら、警察は甘くない。さくらの証言程度で、勝村が無罪放免になるなら苦労はしない。

「別に、あれだけじゃねぇさ。他にも、手は打ってあるから安心しろ」

山猫が、ふっと笑った。

その表情に、いつものような軽薄さはなかった。どこか、悲しみを背負っているように見えた。

「他の手って何だよ？」

「それも知る必要はねぇ。とにかく、お前は、この件から手を引け――」

山猫が勝村に背を向けた。

今生の別れを告げているように感じられる。

もしかしたら、山猫は、自分の前から姿を消してしまうのかもしれない。そんな不安に駆られた。

いや、そもそも、どうしてそれを不安に感じるのだろう？

奇妙な運命共同体から始まった、山猫との共生関係。最初は嫌がっていたが、いつの間にか、それが常態化していった。

山猫の仕事に協力することが、楽しくなっていた部分もある。

いつかバレるかもしれないと恐れながらも、途中からは、自ら望んで山猫に荷担していたことは間違いない。

警察が裁けない悪党を懲らしめる為――というのも理由の一つではあるが、本当にそれだけだろうか？

勝村自身、日常から抜け出し、山猫と一緒に行動することにスリルを覚え、そこに浸っていた気がする。

「嫌だ」

気付いたときには、そう口にしていた。

「どうしてだ？」

山猫が背中を向けたまま訊ねてくる。

そう問われると、返答に詰まってしまう。警察に山猫の共犯者だと疑われ、散々な目に遭ったのは確かだ。

山猫の猿芝居のお陰で、疑念を晴らすきっかけを得た今なら、引き返すことができる。

それなのに――。

このまま一人だけ逃げ出すのは、とてつもなく卑怯《ひきょう》なことのように思えた。山猫一人に責任を押しつけ、自分は安穏に過ごすというのが、どうにも受け容《い》れられなかった。

きっかけや理由がどうあれ、勝村自身が犯罪に荷担したという事実は、どうあがいても変えようがない。その責任を取らずに、自分だけ何喰《なにく》わぬ顔で日常を送ることなど、勝村には到底できない。

「嘘を吐いてまで、罪を逃れようとは思わない」

勝村が強く主張すると、山猫は軽く舌打ちを返してきた。

「お前って、本当に損な性格だな」

「え？」

「だいたいの奴は、自分だけ助かればいいんだよ。他人がどうなろうと、知ったこっちゃねぇ。特に、相手がおれみたいな犯罪者なら尚《なお》のことだ」

「何が言いたいんだ？」

「言っておくが、これ以上おれと一緒にいれば、お前は二度と陽の当たる場所を歩けなくなる。塀の中に送り込まれる可能性もある。さらに言えば、命の保証もできねぇ」

山猫の言葉が、重く響いた。

決して、脅しで言っているわけではない。山猫は、単に起こり得る可能性を列挙しているだけだ。

勝村は、ゴクリと唾《つば》を飲み込んだ。

怖さがないと言ったら嘘になる。闇から闇へ、息を潜めながら生きるのは御免だし、警察に捕まるのも本意ではない。まして、命を落とすなどもっての外だ。

山猫の言う通り、ここで退《ひ》き下がり、知らぬ存ぜぬを押し通すことが、正しい道なのかもしれない。

それでも――。

「分かってる」

勝村は声を張った。

ここまでくると、やせ我慢のような気もするが、それでも、山猫に全てを押しつけるのは違う気がする。

それに、深紅の虎の一件は、まだ片付いていない。

「その覚悟に、偽りはねぇか？」

山猫が、ゆっくりと勝村の方を向きながら問いかけてきた。

光を失ったその目は、ぞくっとするほど怖かった。これまで、彼が背負ってきた闇を、全て見せつけられているような気さえした。

だからこそ、嘘は吐けない――そう思った。

「ない」

勝村が答えると、山猫がぶはっと噴き出すように笑った。

「お前は、本当に面白い奴だよ。だからこそ、おれはこれまで一緒にいたのかもしれねぇな」

山猫らしくない、感傷に浸った言い様だった。

「何だよそれ」

「褒めてるんだよ。いちいちいじけるな。まあ、お前の覚悟は受け取ったが、おれとしては、いつまでもお前にちょろちょろされるのは迷惑なんだよ」

山猫は、そう言いながら、ポケットから何かを取り出し、それを勝村に向けた。

拳銃《けんじゅう》だった――。

「ど、どういうつもりだ？」

「さっきも言ったはずだ。命の保証はしねぇって」

山猫の声には、まるで抑揚がなかった。

「な、何を……」

「お前がいると邪魔なんだよ」

「冗談だろ？」

勝村は、笑みを浮かべようとしたが、できなかった。

山猫の目が、真剣そのものだったからだ。

「色々と楽しかったぜ」

山猫が言い終わるのと同時に、銃声が轟《とどろ》いた。

3

犬井は、六本木《ろっぽんぎ》にある会員制のクラブに足を運んだ——。雑居ビルの地下にあり、瀟洒《しょうしゃ》で大人の雰囲気が売りになっている。ＩＴ系の社長や、芸能関係者の溜《た》まり場として有名な場所でもある。

今回の事件に、ビルドという会社が関係していることは、ほぼ間違いない。ただ、問題は、システム開発会社であるビルドが、どう関わっているのか——だ。

張本の話を信じるなら、中国系のマフィア、青門会は、ビルドを抱え込み、何かを企んでいる節がある。

マフィアとシステム開発会社が組むことで何が生まれるかは不明だが、そこには莫《ばく》大《だい》な利権が絡んでいるのだろう。

このクラブに、ビルドの社長である落合がいるという情報を得て、足を運んだ。

朝方まで、会員制のクラブで呑《の》んでいるとは、いいご身分だ。

階段を下りると、アフリカ系の屈強な身体つきの男が二人立っていた。見張り番ということのようだ。

犬井が入ろうとすると、それを阻むように並び立った。

会員証を見せるのが正しいのだろうが、犬井はそんなものは持ち合わせていない。

「どけ」

犬井が告げると、男たちが睨《にら》みを利かせて威圧してきた。そうすれば、尻尾《しっぽ》を巻いて逃げると思っているのだろう。

ゴロツキの応対というのは、万国共通のようだ。

叩《たた》きのめしてもいいが、深紅の虎の刺客や、張本のボディーガードとの連戦で、少しばかり身体にガタがきている。

「警察だ」

犬井は、警察手帳を提示する。

男たちは、急に深刻な表情を浮かべ、顔を見合わせる。どう対応したらいいのか、分からないのだろう。

「おれは、落合と話がしたいだけだ。騒ぎを起こしたくないなら、大人しく中に入れろ」

犬井が告げると、男の一人が店に入って行った。

オーナーに、確認を取るつもりだろう。

犬井がしばらく黙って待っていると、男が戻って来て、犬井に中へ入るように促した。

男に案内されるかたちで、犬井は奥にあるＶＩＰルームに足を踏み入れる。落合は、足を組んでソファーに座っていた。

鷹揚《おうよう》な態度ではあるが、その表情は、いまいち冴《さ》えなかった。

警察が来ることを伝えられた為だろう。十人ほど入れる部屋にもかかわらず、落合一人というのも妙だ。

テーブルの上に、飲みかけの酒が入っているグラスがいくつも残っていることからも、人払いをした後だということが窺《うかが》えた。

警察との接触を避けたい、後ろ暗い連中がいたということだろう。

「お前に、訊きたいことがある」

犬井は向かいのソファーに腰を下ろす。

「山猫の件なら、もう警察に話しましたよ」

落合はそう言って、グラスに入ったウィスキーを呷《あお》った。

「山猫の件はいい。それより、お前の会社が、何をやっているのか知りたい」

犬井は、煙草に火を点ける。

「何って……システムの開発ですよ」

当然だと言わんばかりの口調だが、それが演技であることは、すぐに分かった。

「ただシステムを開発しているだけなら、わざわざ山猫が狙ったりしない。お前は、裏で何をやっていた？」

「妙なことを言う刑事さんですね。私より、山猫とかいう窃盗犯の方を信じているみたいです」

「窃盗犯を信じるほど、落ちぶれちゃいねぇよ」

「だったら……」

「大人しく喋《しゃべ》らないと、痛い目を見ることになるぞ」

犬井が睨みを利かせると、落合は、うっと息を詰まらせた。

動揺しているし、恐れを抱いているのが、その表情からひしひしと伝わってくる。

「な、何のことだか分かりません。私は、何もやましいことはしていません」

「ほう。あくまでシラを切るか」

「シラって……」

「お前の会社に目を付けたのは、山猫だけじゃねぇ。青門会の連中までご執心だ。その理由は何だ？」

「青門会？　それは、どんな会合ですか？」

落合がおどけたように言う。

「中国マフィアの青門会だよ」

「マフィアなんて、そんな物騒な集団と、関係あるわけないじゃないですか。うちは、ただシステムの開発をやってるソフト屋なんですから」

「いつまで惚《とぼ》ける気だ？」

「ですから、私は何も……」

言い終わる前に、犬井は落合の髪を摑み、そのままテーブルに叩き付けた。

大理石で作られたテーブルに、しこたま顔を打ち付けることになった落合は、鼻血をだらだらと流しながら、絨毯《じゅうたん》の上をのたうち回る。

「言ったはずだ。大人しく喋らないと、痛い目を見る——って」

犬井は、床に這《は》いつくばった落合を覗《のぞ》き見る。

「ほ、本当に何も知らないんです」

落合は、必死に否定した。

いかにも気弱そうな落合が、こうも頑《かたく》ななのは、何かを怖れているからだろう。

「だったら、もう一度、テーブルに顔を埋めてみるか？」

犬井は再び落合の髪を摑み、ぐいっと引き上げる。

「止めてくれ」

落合が懇願する。

「だったら知っていることを喋れ」

「できない。そんなことしたら、おれは本当に消されちまう」

落合は、怯《おび》えた声を上げた。

警察である犬井は、痛めつけることはできても、殺すことまではできない。だが、マフィアを始めとした裏社会の連中は違う。逆らえば、間違いなく消される。落合は、そのことをよく分かっている。

これ以上、詰め寄ったところで、落合は何も喋らないだろう。

ただ、無駄足ではなかった。

今の反応からして、落合と青門会が繋《つな》がっていることは間違いない。別の方向から調べれば、外堀を埋めることができるはずだ。

「青門会の連中に伝えておけ。首を洗って待ってろ——ってな」

犬井は、落合から手を離すと、ＶＩＰルームをあとにした。

クラブを出て、早朝の街を歩いていた犬井は、ふと何者かの視線を感じて足を止めた。

十メートルほど先に、男が立っている。

よれたスーツを着崩し、服装はまるで酔っ払いのサラリーマンのようだが、まとっている雰囲気は明らかに堅気のものではなかった。

落合が青門会の連中に連絡を取り、誰かを呼び寄せたという可能性も考えたが、それにしては早過ぎる。

深紅の虎が、犬井を追い詰める為に寄越した刺客だろう。

こうもひっきりなしに襲われたのでは、さすがに身が保《も》たない。

犬井は、半ばうんざりしながらも、腰に差した特殊警棒に手をかけた。

だが、それより男の動きの方が早かった。

犬井に向かって素速く右手を突き出す。それと同時に、男の袖《そで》から拳銃が飛び出し、その手に握られた。

おそらくは、スプリングの力で拳銃が手の位置まで押し出されるギミックの、スリーブガンを仕込んでいたのだろう。

「くそっ！」

一瞬の判断ミスが、命取りになる。

男の拳銃が立て続けに火を噴き、乾いた銃声が轟いた——。

4

さくらは、大きく息を吐いた——。

山猫の共犯者であろう、里佳子と名乗った女に睡眠薬を飲まされ、気付けば倉庫のような場所で、椅子に縛り付けられていた。

何とかロープから抜け出し、身体の自由を得たが、問題はここからだ。いち早く、この倉庫から脱出する必要がある。

さくらは、近くにあるブラウン管の古いテレビに目を向けた。さっきまで、あそこには、山猫と勝村の姿が映し出されていた。

山猫は、勝村を監禁していた。

爆発に巻き込まれ、死んだと思っていた勝村が生きていたのは、喜ばしいことだ。それに、勝村が共犯者だと思われるように、山猫によって誘導されていたということが分かった。

そうやって警察の目を欺くのは、山猫らしいやり口だ。

一時は、勝村が山猫の共犯者だと思い込み、絶望的な気持ちにさせられていただけに、ほっとした部分もある。

だが――。

悠長にはしていられない。

このままだと、勝村は山猫に殺されかねない。現に、激しい暴行を受けているようだった。

何としても、山猫の手から奪還しなければならない。

さくらは、ここで妙なことに気付いた。

ブラウン管のテレビに、山猫と勝村の映像が映し出されていたが、どこから電波を飛ばしていたのだろうか？

タブレット端末などを使った方が画質はいいし、無線で映像電波を飛ばすことも容易だ。

目の前にあるブラウン管の旧式のテレビだと、外付けのアンテナを使うか、有線で繋ぐしかない。

確認してみたが、アンテナは見当たらない。代わりに、テレビの背面から、電源とは別に、黒いケーブルが延びているのが見えた。

そのケーブルは、倉庫の床を這い、扉の隙間から外に続いている。

「これって……」

今になって思えば、画面に映る勝村も、さくらと同じように、倉庫のような場所にいた。まだ外に出ていないので、はっきりしたことは分からないが、同じ倉庫街の一角に監禁されているのではないか？

つまり、このコードを辿《たど》れば、勝村の居場所に行き着くことができるかもしれない。

すぐに駆け出そうとしたさくらだったが、一つの疑問が脳裏を過《よ》ぎり、思わず足を止めた。

山猫が、何の理由もなく、こんな面倒な方法を取るだろうか？

現代において、敢《あ》えてブラウン管のテレビを用意して、有線で繋いだのは、さくらが黒いケーブルに誘われて、やって来ることを推測したからではないのか？

つまり――これは、罠《わな》ということになる。

不用意に飛び込めば、勝村を救出するどころか、さくらまで捕らわれることになりかねない。

しかも、今は丸腰の状態だ。

いや、それもおかしい。さっきまで、さくらは睡眠薬で眠らされていたのだ。幾らでも好きにできた。今さら、罠に嵌《は》めたところで意味はない。

――どうする？

さくらの思考を遮るように、パンッと乾いた破裂音が響いた。

それが何の音なのか、すぐに察しがついた。

――銃声だ。

もしかしたら、勝村が山猫に撃たれたのかもしれない。もう、迷っている場合ではない。さくらは、弾《はじ》かれたようにケーブルを辿って駆け出した。

倉庫の扉まで駆け寄り、取っ手に手をかけて力一杯引く。

鍵《かぎ》や閂《かんぬき》の類《たぐ》いはかかっていないらしく、いとも簡単に扉が開いた。

監禁している場所に鍵もかけないなんて、やはり不自然極まりない。だが、ロープで縛ったことで、逃げられないと油断したのだ――と強引に自分を納得させ、外に出た。

黒いケーブルは、隣にある倉庫に向かって延びていた。

まさか、こんな至近距離で――。

頭に浮かぶ不自然さを、またも強引に振り切ったさくらは、隣にある倉庫に駆け寄り、その扉に手をかけた。

こちらも、施錠はされていなかった。

やはり、誘導されているような気がする。

もしかしたら、自分はかなり危険な状況に陥っているのかもしれない。そう思いながらも、さくらは倉庫に足を踏み入れた。

その途端、さくらはぎょっとなった。

倉庫の天井からは、電球がぶら下がっていて、スポットライトのように、中央付近を照らしていた。

そして、そこには――。

横倒しになっている人の姿が見えた。間違いなく勝村だ。

「勝村！」

さくらは、叫び声を上げながら、必死に駆け寄る。

「勝村！　大丈夫？」

勝村は意識を失っているらしく、さくらの呼びかけに反応がなかった。顔色が酷く悪い。

見ると、腹の辺りが血で濡《ぬ》れていた。

ゆっくりと勝村の身体を仰向《あおむ》けにしつつ、シャツをまくって傷の具合を確認する。

どうやら、拳銃で撃たれているようだ。

やはり、さっきの銃声は、勝村を撃ったときのものだった。

つまり――。

山猫は、まだこの近くにいるということだ。

さくらは、勝村の止血をしつつ、素速く周囲に視線を走らせる。

――いた。

倉庫の壁に、寄りかかるようにして男が立っている。

お祭りで売っているような、安物の猫のお面を被《かぶ》っていて顔は見えないが、あんな悪趣味なお面を被るのは山猫しかいない。

「山猫！」

さくらが声を上げると、山猫は壁から離れて、一歩だけこちらに歩み寄った。

「よく分かったな」

へらへらとした口調で山猫が言う。

どういう言い草だ。最初から、気付かれるつもりでいたからこそ、あんなところに無防備に突っ立っていたはずだ。

「あなたを逮捕します」

さくらは、山猫を睨み付けた。

「ああ。いいぜ。早く逮捕しろよ」

山猫は、すっと自分の両手首を差し出して来た。

立ち上がろうとしたさくらだったが、すぐに動きを止めた。今は、勝村の止血をしている最中だ。

それに、手錠も持っていない。

「おれを逮捕するより、そのボンクラ記者を病院に連れて行く方が、先だと思うぜ」

山猫が、さくらの内心を代弁する。

この状況では、さくらが動けないことを分かっていて、敢えて目の前に現れたのだろう。どこまでも計算高い男だ。

「あなたは……」

「あんたに、一つだけ言っておくことがある」

山猫がさくらの言葉を遮った。

「言っておくこと？」

「そうだ。そいつは、暗示にかかっている」

「暗示ですって？」

「後催眠暗示ってやつだ。おれがかけておいた」

後催眠暗示は、催眠術を用いて相手が覚醒したあと、特定の行動をとるように暗示をかけることだ。

「どんな暗示をかけたの？」

「わざわざ言わなくても、あんたなら、もう分かっているんじゃないのか？」

「どういうこと？」

「おれは、こいつを共犯者に仕立て上げたかった。言っている意味は分かるな？」

──何ということだ。

山猫は、勝村に自分の共犯者であると思い込ませる暗示をかけたということなのだろう。そうすれば、警察を混乱させることができるし、誤った情報を与えることも可能だ。

「卑怯な……」

「いいね。その負け惜しみ、ぞくぞくする」

山猫が大げさに身体を震わせてみせた。

「最低な男ね」

「褒め言葉として受け取っておくぜ」

山猫は、おどけるように肩を竦《すく》めたあと、さくらに背を向けた。

今、背後から飛びかかれば、山猫を取り押さえることができるかもしれない――そう思ったのは一瞬だった。

この状態の勝村を放置することはできない。それに、不意を突いたとしても、一人で山猫を押さえることは難しいだろう。

それが証拠に、背中を見せているとはいえ、山猫には一分の隙もなかった。

「そのボンクラ記者は、目を覚ましたあと、自分は山猫と友だちだったとか言い出すかもしれんが、それは、暗示によって誤った記憶を植え付けられているだけだ」

山猫が念押しするように言った。

「…………」

「じゃあな」

山猫は、背中を向けたままバイバイと手を振って歩き出す。

「待って！　どうして暗示のことを私に？」

共犯者に仕立て上げ、警察を混乱させることが目的で勝村に暗示をかけたのだとしたら、さくらにその真実を伝えるのは都合が悪いはずだ。

「あんたが邪魔だからだ」

山猫は、わずかに振り返りながら言った。

「私が……」

どうやら山猫は、さくらが勝村にかかった嫌疑を晴らす為に奔走することが、余計に警察を混乱させると考えているようだ。

山猫はそのまま歩き始めたが、途中で何かを思い出したように、ピタリと足を止めた。

「そうだ。忘れるところだった。せっかくだから、あんたに面白いものをやるよ」

山猫はポケットから百円ライターほどの物体を取り出し、後ろ向きのままさくらの方に放り投げてきた。

何度か地面をバウンドしたあと、その物体は測ったようにさくらのすぐ前まで転がってきた。

ＵＳＢメモリーだった。

「これは何？」

「見てみれば分かる。あんたが知りたがっていることが分かるはずだ」

「知りたがっていること？」

「今度こそ、お別れだ。そのボンクラに飽きたら、いつでもおれが相手をしてやるぜ」

山猫は、そのまま歩き去って行った。

その背中を睨んでいたさくらは、ふと引っかかりを覚えた。

最後の山猫の台詞《せりふ》。似たようなことを、これまで何度か耳にしたことがある。あれは、いったいどこでだろう？

5

犬井の目の前に突如として現れた男は、立て続けに拳銃のトリガーを引いた。

まさか、腕にスリーブガンを仕込んでいるとは思わなかった。その一瞬の油断が、判断ミスを呼んだ。

犬井は、素速く近くにあった電飾付きの看板の陰に身を隠した。

左の太ももに激痛が走る。

焼き鏝《ごて》を押し当てられたような、熱を持った痛みだ。

目を向けると、ズボンの太ももの部分に穴が開き、そこから血が流れ出ている。どうやら、一発喰《く》らってしまったらしい。

犬井は、看板の陰から様子を窺う。

男は、不用意に近付くような愚は犯さず、拳銃の弾丸を詰め直している。

向こうから近付いてくれれば、少なからず勝機はあった。拳銃を持つ相手の場合、接近戦に持ち込むのがセオリーだ。

だが、こうして距離を取られてしまうと厄介である。

こちらから出て行って、一気に懐に飛び込むことも考えたが、足に怪我を負った状態では、自ら的になりにいくようなものだ。

かといって、いつまでもここに隠れているわけにもいかない。

遮蔽《しゃへい》物の看板は、プラスチック製だ。威力の弱い仕込み拳銃とはいえ、簡単に貫通してしまうだろう。

こうやって、のべつ幕無しに狙われたのでは、たまったものではない。

だが、それこそが深紅の虎――いや、牧野の目論《もくろ》みなのだろう。徹底的に犬井を追い詰めて、楽しもうという腹なのだ。

犬井がただ死ぬだけでは、牧野は満足しない。

追い詰めて、弱ったところを捕らえ、犬井に命乞《いのちご》いさせようなどと悪趣味なことを考えているのかもしれない。

もしそうだとするなら、まだ活路はある。

襲撃者の男は、犬井を殺すようには指示されていないはずだ。それが証拠に、頭や胸ではなく、致命傷を与えない足を狙ってきた。

憶測に過ぎないが、それに賭《か》けてみるしかない。

「分かった。降参だ」

犬井は、両手を上げながら、ゆっくりと立ち上がり、看板から離れて身を晒《さら》した。

男は、拳銃を構えてはいるものの、すぐにトリガーを引かなかった。やはり、生け捕りにしろという指示が出ているのだろう。

このまま、男が犬井を捕らえようとした瞬間が勝負だ。

拳銃を持っている男の腕を撥《は》ね上げ、銃口を逸《そ》らしてから、その顔面に拳《こぶし》を叩き込んでやる。

足は使えないが、拳銃を持っている相手というのは、それに頼るあまり、防御がおろそかになる傾向がある。

制圧することは、さほど難しくはない。

男は、犬井をじっと見つめたあと、口許を緩めて不敵な笑みを浮かべた。

「お前はアホか？」

かたことの日本語で男が言った。

——しまった。

またしても、判断ミスをしたようだ。どうやら、こいつは本気で犬井を殺すつもりらしい。

さっきのは、足を狙ったのではない。スリーブガンは、小型であるが故に、命中精度が悪いという難点がある。

単純に、急所から狙いが外れ、足に命中しただけというわけだ。

「くっ」

こうなったら、無理矢理にでも距離を詰めて、制圧するしかない。

犬井が駆け出すのと同時に、男がトリガーを引き絞る。

が、男は急に仰《の》け反るような体勢になり、何もない上空に向かって弾丸を撃った。

そして、そのままドサリと地面に倒れ込む。

——どういうことだ？

改めて目を向けると、男のすぐ脇に一人の女が立っていた。

すらりとしたモデル体型で、並外れた美貌《びぼう》の持ち主だが、そんなことより、犬井は女が放つ殺気にも似た異様な空気の方が気になった。

しかも、女の手には、スタンガンが握られている。

それを見て、さっきの男の奇妙な動きに合点がいった。おそらく、この女がスタンガンで男を気絶させたのだろう。

「お前は、何者だ？」

犬井は警戒しつつ女に訊ねる。

「せっかく助けてあげたのに、ずいぶんなご挨拶《あいさつ》じゃない？」

女は妖《あや》しく目を細める。

「頼んだ覚えはない」

「そうね。あなたは、そういう人だったわ」

「どうしておれのことを知っている？」

「共通の知人から聞いたのよ」

「共通の知人？」

「山猫――」

女がポツリと言った。

そのひと言で、犬井はこの女が何者なのかを理解した。

かねて、山猫には女の協力者がいるとされてきた。この女がそうなのだろう。

「山猫の女が何の用だ？」

「言っておくけど、私は山猫の女じゃないわ。口先ばかりで、ベッドの中では大したことないのよ。あなたなら、満足させてくれそうね」

女が、犬井の顔にすうっと手を伸ばして来る。

犬井はその手を払いつつ、女を睨み付けた。が、女は何喰わぬ顔だ。相当に肝が据わっている。

「お前らの夜の生活になど、興味はない」

犬井が、さらに睨みを強くすると、女はふっと息を漏らして笑った。

「本当に男って、どうしてこうもせっかちなのかしら？」

「女は、はぐらかしてばかりだ」

「そうかもね。じゃあ、手っ取り早く用件を伝えるわ」

「用件？」

「これ」

女が、犬井の方に何かを投げて寄越した。

反射的に受け取る。それは、ＵＳＢメモリーだった。

「何だこれは？」

「あなたが知りたがっていることが、その中に入っているわ」

「おれの知りたがっていること？」

「そう。青門会とビルドの企み――といったところかしら」

「そんな見え透いた嘘を信じると思ってるのか？」

犬井が口にすると、女はやれやれという風に首を振った。

「疑《うたぐ》り深いのは優秀な刑事の証拠だけど、たまには信じることも必要じゃないかしら？」

「窃盗犯一味の言うことを、信じる刑事などいるわけないだろ」

「それもそうね」

女は、ははっと声を上げて笑った。

「お前らは……」

「信じる信じないは、あなたに任せるわ。私は、ただ頼まれたものを渡しただけだから」

「何を企んでいる？」

「私は、何も企んでいないわ。でも、彼は——山猫は色々と企んでいるわね」

「それが何かを訊いている」

「単純な話よ。深紅の虎を葬る——」

女の目が、一気に暗くなった。

怒り、憎しみ、悲しみ、そうした負の感情がない交ぜになったような目だ。

「深紅の虎」

「そう。彼は、深紅の虎に狙われてるの。これまではやられっぱなしだったけど、そろそろ決着を付けようとしているのよ」

「それと、情報をおれに渡すことと、どういう関係がある？」

「あなたも、深紅の虎に狙われているんでしょ。つまりは、そういうことよ」

「刑事であるおれと、共同戦線を張ろうって魂胆か？」

「まさか。そこまでは考えてないと思うわ。ただ、あなたが動き回ってくれた方が、彼もやり易いんでしょ。きっと」

犬井は、女の表情を観察しながら、言葉の真偽を探ろうとしたが無駄だった。

ただでさえ女は嘘を吐くのが上手《うま》い。おまけに、この女は、山猫の一味だ。そう簡単に本心が見えるはずもない。

「山猫は、どうして深紅の虎に狙われている？」

犬井が問いかけると、女は腕組みをして、考えるように視線を漂わせる。

「そうね……一つは、そのデータの中に答えがあるわ」

犬井は、黙って掌《てのひら》に載っているＵＳＢメモリーに目を向けた。

この中に、いったい何が入っているのか？　俄然《がぜん》、興味が湧いてきた。たとえ、それが罠であったとしても、追いかけずにはいられないのが犬井の性質だ。

おそらく、山猫もそれを熟知しているのだろう。

「その他の理由は何だ？」

さっき女は、「一つは——」と言った。つまり、他にも山猫が深紅の虎に狙われる理由があることを意味する。

女は、返事をすることなく、品定めするように犬井を見つめている。

——何を考えている？

「彼と深紅の虎は、かつて親友だったのよ。中国にいた頃の話だけど」

女が淡々とした口調で言う。

「何？」

「だけど、色々と問題が起きて、仲違《なかたが》いすることになったの。その一件を根に持って、深紅の虎は山猫を狙っている」

「問題とは何だ？」

「詳しく聞きたければ、大久保《おおくぼ》にいるシンタニという男を訪ねてみなさい。私に言えるのは、ここまでだから」

なかなか興味深い話ではあるが、犬井はそれを素直に受け容れられなかった。

「どうして、それをおれに話した？」

「あなたがいい男だから――って理由じゃダメ？」

女が誘うような視線を送ってくる。

おそらく、これまでそうやって何人もの男を悩殺してきたのだろうが、犬井には通じない。

「ダメだ」

きっぱりと言うと、女はこれみよがしにため息を吐いた。

「つまらない男ね」

「お前にどう思われようと、知ったことではない」

「分かったわ。彼は……山猫は、死のうとしているの」

「死のうとしている——だと？」

犬井は、意味が分からず眉間《みけん》に皺《しわ》を寄せた。

山猫のような男が、死を望むなど、どう考えても不自然だ。そんなこと、あるはずがない。

「ええ。彼は、深紅の虎と決着を付けて、過去を清算するつもりなの。その為になら、自分の命を差し出しても、惜しくないと思っている。むしろ、そうしようとしているような気がするの……」

女の声は、これまでとは打って変わって、頼りないものだった。

わずかではあるが、目に涙も浮かんでいるようだ。

女の涙に騙《だま》されてはいけない——とはよく言うが、それでも、この女の言葉には、悲痛な思いが隠れているような気がした。

「つまり、山猫は命を賭《と》して、深紅の虎を葬り去ろうとしているということか？」

「ええ。深紅の虎は危険な男よ。彼でも、勝てるかどうか……」

女が小さく首を左右に振る。

あれほどまでに輝きを放っていた女の姿が、急に脆《もろ》いもののように見えた。

それと同時に、様々なことが腑に落ちた。

おそらく、USBメモリーは、山猫から指示されて渡そうとしたのではなく、女の独断なのだろう。

女は、山猫より先に、犬井を深紅の虎にぶつけようとしている。そうすることで、山猫を救おうと考えているようだ。

「山猫は……」

犬井の声を遮るように、遠くから救急車のサイレンが近付いてくるのが聞こえた。

「少し話し過ぎちゃったわね。あなたの為に呼んでおいたの。まずは、足の怪我を治した方がいいわ」

そう言った女の顔からは、これまでの弱さは完全に消え去っていた。

やはり、女というのは本心を隠すのが上手い。

「運が良ければ、また会いましょう」

女は、一方的に告げると、さっさと歩いて行ってしまう。

追いかけることも考えたが、結局、そうはしなかった。負傷した足では、女に追いつくことはできないだろう。

それに――。

犬井は、思いがけず頭に浮かんだ同情的な思考を断ち切り、マッチを擦って煙草に火を点けた。

The third evening

三日目

夕刻

1

腹部にじわっと熱が広がる。

それは、みるみる痛みに変貌《へんぼう》し、額に脂汗が浮かぶ。勝村は思わず「うっ」と唸《うな》り声を上げた。

「大丈夫？　痛むの？」

優しく語りかけるような声がした。

「はい」

勝村は、返事をしつつ瞼《まぶた》を開けた。

メガネをしていない上に、目が覚めたばかりということもあり、焦点が合わず視界は霧がかかったようにぼんやりとしていた。

ただ、ここが自分の部屋ではないことは分かった。

おそらく病院だろう――それと自覚すると同時に、急速に記憶が蘇《よみがえ》ってきた。

そうだった。勝村は、山猫に拳銃《けんじゅう》を向けられ、そして撃たれたのだ。

「山猫！」

勝村は、声を上げながら身体を起こそうとしたが、痛みのせいで、すぐにベッドに横たわることになった。

「まだ、動かないで。傷口が開くでしょ」

勝村の顔を覗《のぞ》き込みながら、窘《たしな》めるように言う女性の姿が見えた。

相変わらず視界はぼやけているが、それでも、声の主が誰であるのかは認識できた。

「さくらさん――」

「今さら気付いたの？」

「す、すみません」

勝村は、詫《わ》びながら床頭台にあるメガネを取った。

「全く……」

「もしかして、さくらさんが助けてくれたんですか？」

勝村が問うと、さくらははにかんだような笑みを浮かべた。

年齢は、さくらの方が上だが、こういう表情を浮かべているときは、まるで少女のように可愛らしい。

いやいや、そんなことを考えている場合ではない。

「山猫は？　奴はどこに行ったんですか？」

勝村が問うと、怒っているような、呆《あき》れているような、複雑な表情を浮かべた。

「逃げられたわ」

さくらが、小さく首を横に振る。

山猫が警察に捕まらなかったことに、ほっとしている部分もあるが、同時に事態が悪化しているという思いもあった。

それは、最後に山猫が見せたあの目のせいだろう。あれは——。

「早く山猫を追わないと」

再び起き上がろうとした勝村だったが、さくらがそれを押さえ付けた。

「いきなり動けるわけないでしょ。少し大人しくしてなさい」

「そうはいきません。ぼくは、山猫を追わないと」

「どうして？」

さくらの問いかけに、勝村はフリーズした。

その目には、失望の色が滲《にじ》んでいた。

——そうだった。

勝村は、今さらのように自分の置かれている状況の危うさを痛感した。

色々とあり過ぎて混乱していたが、勝村は山猫が盗みに入ったビルドという会社の前で写真を撮影されたことにより、警察から山猫の共犯者と目されている。

そして、さくらもそのことを知っているのだ。

「ぼくは……」

何か言わなければ——そう思うほどに、考えがバラバラと散ってしまって、思うように言葉が出てこなかった。

「教えて。あなたと山猫は、どういう関係なの？」

　さくらが、真っ直ぐに勝村を見据えた。

　これは、レストランでの会話の再現だ。もう誤魔化すことはできない。

　言い逃れをする為の口実が思い浮かばなかったというのもあるが、何よりさくらの前で、これ以上の嘘を重ねるべきではないと感じた。

　たとえ、そのせいでさくらに軽蔑《けいべつ》されるようなことになっても、真実を告げるべきなのかもしれない。

「山猫は、ぼくの友人です」

　勝村は真っ直ぐにさくらを見据えながら告げた。

　少しは動揺するかと思ったが、さくらの反応は思いの外薄かった。よく考えてみれば、それも当然だ。あの写真を見た瞬間から、さくらには分かっていたのだろう。

「それで？」

　さくらが、先を促す。

「長い話になりますが、構いませんか？」

　一応、断りを入れる。

単純に友人といっても、そのかたちは人それぞれだ。特に、勝村と山猫の関係は、世間一般の友人という概念とはかけ離れたものなので、説明するのが難しい。

「いいわよ」

さくらが答える。勝村は山猫と出会った経緯《いきさつ》から、これまでのことを話した。

あまり事件の詳細に触れても、混乱を招くだけだし、それこそ話が長くなってしまうので、大筋をなぞる程度に留《とど》めた。

それでも、かなりの時間を要することになった。

尊敬する先輩の死にまつわる事件に始まり、ウロボロスや三猿の事件。他にも、細かい事件はたくさんある。

それだけ、山猫との関わりが深かったという証明でもある。

全てを話し終えたところで、さくらの反応を窺《うかが》う。話をしている間は、黙って耳を傾けていたさくらが、ふうっと長いため息を吐いた。

「やっぱりそうだったのね」

さくらは、静かにそう言った。

今の言い様に、勝村は胸が締め付けられた。腹の傷などより、はるかに痛い。

「嘘を吐いていて、すみません。でも、ぼくは……」

「そうじゃないわ」

さくらが勝村の言葉を遮る。

「え？」

何がそうじゃないのか、勝村には分からない。ただ、何となく嫌な感じがした。

「勝村は、後催眠暗示にかけられたのよ」

「は？」

――急に何を言い出すんだ？

「山猫が言っていたのよ。勝村に共犯者と思い込ませるように、後催眠暗示をかけておいたって」

さくらが同情に満ちた視線を勝村に向ける。

「ちょ、ちょっと待って下さい。ぼくは、本当に山猫と……」

「だからそれは、山猫があなたに暗示をかけたからなの」

愕然《がくぜん》とした。

と、同時に山猫が何を企《たくら》んでいるのかも理解した。

山猫は、本当に勝村の前から姿を消すつもりなのだ。だから、さくらにそんな嘘を吹き込んだ。

それは、勝村が平穏な日常を送れるように――という配慮なのだろう。

――ふざけんな！

どういうわけか、怒りがこみ上げてきた。

これでは、山猫と過ごした日々が全部幻になってしまう。そんなの認められない。

自分の生き方は自分で決めろ——山猫は、そう言っていた。勝村も、それを覚悟して山猫に協力していた部分がある。

それなのに、最後の最後に、自分一人だけで全ての罪を被《かぶ》り、勝村を置いてきぼりにするなんて、絶対に許せない。

「それは山猫の嘘です」

「あなたは、それを証明できるの？」

「それは……。で、でも、もしそうだとしたら、あの写真はどう説明するんですか？」

ビルドの会社の前で、警備員に変装した勝村の写真が撮られている。あの写真があるから、警察は勝村を共犯者として疑っているはずだ。

「山猫が、もう一つ言っていたことがあるの」

「もう一つ？」

「ええ。警察に、あなたを共犯者だと思い込ませる為に、犯行現場に呼び寄せたり、変装をさせたりといった工作をしていたって……」

——何ということだ。

何もかもが、全て計算ずくというわけだ。

勝村を撃ったのも、共犯者や友人などではなく、利用しただけだと印象づける為なのだろう。

狡猾《こうかつ》でいい恰好《かっこう》しいの山猫らしい行動だ。だが、そんな欺瞞《ぎまん》は受け容《い》れられない。

「止めて下さい。そんなの嘘です。ぼくは……」

「嘘でもいいじゃない！」

さくらの叫び声が、病室に響き渡った。

その目には、どういうわけか、溢《あふ》れんばかりの涙が浮かんでいた。

「さくらさん……」

「それが山猫の嘘でもいいじゃない。どうして、自分から警察に捕まりに行くようなことをするのよ」

「…………」

「逮捕する口実がないだけで、勝村は警察にマークされているのよ。今だって、外に張り込みの刑事がいる。これが、どういうことなのか分かってるの？」

「分かってます」

「全然、分かってない！　山猫の言葉を信じれば、あなたの疑いを晴らすことができるかもしれないの！」

「だけど……」

「だけどじゃない！　もう、それでいいじゃない。あなたは、山猫に暗示をかけられ、利用されていた。そういうことにしましょう」

さくらは、そこまで言うと頭を抱えた。

その姿を見て、ようやくさくらに嘘を吐き続けていたことの罪の重さを知った。

さくら自身、後催眠暗示という山猫の言葉を信用はしていないのだろう。だが、それでも、勝村を守る為に、それを信じようとしている。

信念を持った警察官のさくらが、それをねじ曲げてまで、勝村を守ろうとしてくれているのだ。

その気持ちは、勝村の心を大きく揺さぶった。

だが――。

勝村には、そうできない事情がある。

「それじゃダメなんです」

「どうして？」

さくらが顔を上げた。

目が真っ赤に充血していて、突き刺さるような視線だった。臆《おく》する気持ちはあるが、ここで退《ひ》くわけにはいかない。

「山猫は、死ぬ気なんです」

勝村が口にすると、さくらは驚きの表情のまま固まった。

「死ぬ？」

「はい。多分ですけど――山猫は、深紅の虎と刺し違えてでも、決着を付けようとしているんです。だから、ぼくを巻き込まないように突き放した」

推測に過ぎないが、それが勝村の導き出した答えだ。

深紅の虎が現れてからの山猫は、明らかに様子がおかしかった。拳銃を向けてきたときの山猫の目を見て確信した。

山猫は、姿を消そうとしているのだ。その前にしておくべきことの一つが、勝村の嫌疑を晴らすことだったに違いない。

「だったら、何だって言うの？　山猫が生きようが、死のうが、勝村には関係のないことでしょ」

「関係あります」

勝村は、間髪を容れずに言った。

「どうして？」

「さっきも言いました。山猫は友人なんです」

山猫は決して認めないだろう。世間一般の価値観から見ても、いびつなものだったかもしれない。

それでも――。

勝村にとって、山猫は友人だった。

「正気なの？」

さくらが困惑の色を濃くする。

「はい。ぼくは、山猫を――友人を救いに行きます」

勝村が力強く言うと、さくらは声を上げて笑った。

いったい何がそんなにおかしいのか分からないが、腹を抱えて笑っている。

「助けるってどうやって？」

ひとしきり笑い終わったあと、さくらが真顔で問う。

「分かりません。それは、今から考えます」

「山猫がどこにいるのかも分からないのに、どうするつもり？」

「それでも、何もしないわけにはいかないんです」

「勝村は、本当にバカね」

「バカって……」

「だってそうでしょ。私は現職の警察官なのよ。あなたの行動を、見過ごすと思ってるの？」

さくらの冷ややかな視線が突き刺さった。

まさに仰《おっしゃ》る通り。外で張り込みをしている刑事よりも、目の前にいるさくらの方が問題だ。

このまま、みすみす勝村を見逃してくれるはずがない。

仮に見過ごすようなことをすれば、さくらは責任を問われることになる。それこそ、さくらに多大な迷惑をかけることになってしまう。

「…………」

「いいわ」

さくらは、何かを吹っ切ったように言った。

「え？」

「行きましょう。山猫を助ける為じゃなくて、警察の手で逮捕する為に——」

さくらの発言に、勝村はただ唖然《あぜん》とするばかりだった。

2

犬井は、大久保の外れに足を運んだ——。

今朝撃たれた左足の痛みはまだ残っているが、呑気《のんき》に静養していられる状況ではない。

この辺りは、コリアンタウンが近くにあることから、雑多な人種で溢れている。

どこか、沈んだ空気が漂っているように感じられるのは、昨今の日韓関係の悪化故だろうか？

大通りから外れ、ラブホテルが建ち並ぶ路地を進み、奥まったところにある焼肉店の前で足を止めた。

かなり年季の入った建物で、一階が店舗、二階が居住スペースになっている。

聞き込みで得た情報によると、ここにシンタニという男がいるらしい。

山猫の過去を知るという男――シンタニ。

名字だけしか分からず、その男の年齢はおろか、職業すら見当もつかない状態だ。

ただ、山猫の過去を知っているのだとしたら、真っ当な民間人ということはあり得ない。

裏の社会に精通した人物であることは間違いない。シンタニというのも、通り名のようなもので、本名でない可能性が高い。

一階の店舗には、〈準備中〉という札がかかっていたが、営業時間に出直すようなお人好《ひとよ》しでもない。

犬井は、最大限の警戒をしつつ扉を開けた。

テーブル席が六つほど並んだ店内は、薄暗く、静まり返っていた。

だが、無人というわけではなかった。中央にあるテーブル席に、一人の男が腰掛けている。

「やはり来たか――」

男が呟《つぶや》くように言った。

影になっていて顔は見えない。だが、その声に聞き覚えがあった。

「お前が……シンタニ……」

冷静に振る舞ったつもりだったが、意図に反して声がわずかに上擦ってしまった。

段々と目が慣れて、男の姿がはっきりとしてくる。

痩《や》せて小柄な老人ではあるが、眼光は異様に鋭い。気《け》怠《だる》げに座っているようでいて、一分の隙もない。

「そうだ。今はそう名乗っている」

男が、意味深長に笑った。

迂《う》闊《かつ》だった。よくよく考えれば分かることだった。シンタニとは、おそらく申谷と書くのだろう。

申の字は――猿の意味も表す。

「言わ猿――」

犬井は、怒りを込めて座っている男の通り名を口にした。

今、目の前にいるのは、三猿という名で世間を賑《にぎ》わせた窃盗団の首領で、言わ猿と呼ばれていた男だ。

猿猴《えんこう》の月をめぐる事件のときに、取り逃がしてしまった。

いや、それだけではない。この男は、かつて犬井の母親と恋人関係にあった。表現が正しいか否かは不明だが、家に出入りし、特別な関係だったことは間違いない。

何より、幼い頃の犬井にとって、この男は父親も同然だった。

犬井が警察官になったのは、突如として姿を消したこの男を、捕らえる為だったと言っても過言ではない。

「覚えていたか」

「よくもぬけぬけと……」

犬井は拳《こぶし》を固く握り、言わ猿を睨《にら》み付けた。

言わ猿は、そこらのゴロツキとは訳が違う。甘言、虚言を操り、他人を欺き、相手を自分の意のままに動かす。犬井の威圧など、何の役にも立たないだろう。

分かっているが、犬井はその感情を抑えることができなかった。

「懐かしいな。お前と過ごした日々は、楽しかった」

男が感傷に浸るように目を細めた。

「だったら、なぜ姿を消した？」

犬井が問うと、言わ猿は苦笑いを浮かべた。

「色々とあったんだ。お前も、察しはついているだろ」

男が犬井の前から姿を消した理由は、今なら分かる。

青門会とのいざこざがあり、そこから逃げる為に、自分の存在を消す必要があったからだ。

もし、あのとき、言わ猿が自分の前から消えていなければ、もっと違う人生があったのだろうか？

ふとそんな疑問が浮かんだが、それをすぐさま打ち消した。

今さら、そんなことを考えたところで現実が変わるわけではない。起きなかった未来に思いを馳《は》せることほど無意味なことはない。

「結局、てめぇは自分のことだけだったわけだ。青門会が怖くて逃げたんだ」

犬井は睨みを利かせる。

「お前を巻き込みたくなかった……そう言ったら、信じてもらえるかな？」

「下らん！」

犬井は、ばっさりと切り捨てた。

冗談ではない。そんな方便を信じるほど甘ちゃんではない。

「まあ、そうだろうな。つまらん言い訳をした」

言わ猿が首を左右に振った。

「てめぇを、今から逮捕する」

犬井が告げると、言わ猿はすうっと両手を差し出した。

「お前に捕まえられるなら悔いはない。好きにするといい」

妙に落ち着き払った態度が、どうにも気に入らない。

伝説の窃盗犯三猿の首領だった男が、そう易々とお縄にかかるはずがない。

「つまらん演技は止《よ》せ。捕まる気などない癖に」

犬井は舌打ち混じりに言った。

この男は間違いなく犬井の来訪を待ち構えていた。何の策もなく、呑気に振る舞うような男ではない。

だからこそ、窃盗団の首領でありながら、これまで逃げおおせることができているのだ。

「いや、私は本気だ。歳も歳だ。刑務所の中で余生を過ごすのも悪くない」

目は真剣そのものだが、だからといってそれが本心とは限らない。言わ猿とは、そういう男だ。

「おれが、そんな戯《ざ》れ言を、本気で信じると思っているのか？」

犬井の言葉に、言わ猿は笑みを零《こぼ》した。

「いい刑事になったな」

「てめぇなんかに褒められても、嬉《うれ》しくも何ともない」

「そうかもしれんな……。お前との昔話は、また次の機会にしよう。それより、訊《き》きたいことがあったんじゃないのか？」

言わ猿が、冷たい視線を寄越《よこ》した。

やはり、最初から大人しく捕まるつもりなどなかったようだ。苛立《いらだ》ちはあったが、犬井はそれを呑《の》み込んだ。

今は、この男との昔話に興じているときではない。優先すべきは、山猫の確保と深紅の虎の撃退だ。

犬井がここに足を運んだのも、山猫の情報を求めてのことだ。

山猫の女から、山猫と深紅の虎の因縁を知りたければ、シンタニという男を訪ねろと言われたときは、半信半疑ではあった。

だが、シンタニの正体が、言わ猿と分かった今は違う。

「山猫のことだ。奴について聞かせろ」

犬井が告げると、言わ猿は顎《あご》を引いて頷《うなず》いた。

3

——とんでもないことをしてしまった。

車の運転席に座ったさくらは、どっと押し寄せる後悔に、ため息を吐いた。

「すみません」

助手席に乗り込んで来た勝村が、申し訳なさそうに詫びる。

「あんたはバカなの？　堂々と助手席に座るとか、あり得ないから」

さくらは、勝村を車の外に押し出した。

「え？」

「後部座席に決まってるでしょ。足許《あしもと》に毛布があるから、合図するまでそれを被ってなさい」

さくらが早口に言った。

勝村はようやく状況を察したらしく、慌てて後部座席に移動し、頭から毛布を被って丸く縮こまった。

——まったく。

さくらは、内心でぼやきながらも車をスタートさせる。

病院の駐車場を出て、幹線道路に入ったところで、ようやくほっと息を吐く。

「もう、出ていいわよ」

さくらが告げると、勝村がモゾモゾと毛布から顔を出した。

「本当に、すみません」

今にも泣き出しそうな顔で、勝村がまた詫びる。

勝村は腹に銃弾を受けた。弾丸は摘出したし、縫合も終わっている。とはいえ、病院から連れ出していいような状態にない。

もちろん、問題は勝村の容態だけではない。

現在、勝村は警察から山猫の共犯者と目され、監視下にある身だ。傷の回復をみて、任意同行で引っ張る予定でもあった。

そんな勝村を、さくらは監視の目を誤魔化し、こうして病室から連れ出したのだ。

しかも、勝村が山猫の共犯であるという趣旨の発言をしたあとに──だ。

バレたら、間違いなく懲戒免職ものだ。いや、仮定の話ではない。こんなことが、誤魔化せるはずがない。バレるのは時間の問題だ。

それでも──。

さくらは、勝村を連れ出した。

理由の一つは、あの倉庫で山猫がさくらに渡したＵＳＢメモリーのデータを見たからだ。

まだ、さくら以外の人間は目にしていないが、あのデータの内容が真実であるなら、決して看過できることではない。

それともう一つ——。

山猫を救いたいという、勝村の想いにほだされたからだ。

もちろん、単に情に流されたというだけではない。もし、さくらが連れ出さなかったとしたら、勝村は自力で山猫を追っただろう。

そうなったとき、また昨晩までと同じ不安を抱えることになる。

そんなことをされるくらいなら、まだ自分の目の届く範囲に置いておいた方がマシだと判断した。

——警察をクビになる危険を冒してまで、やることなの？

不意に疑問が浮かんだ。

自分でも、勝村のわがままに付き合って、職を失うなど、バカげていると思う。警察官だった父に、申し開きができない。

それでも、天秤《てんびん》にかけた末に、さくらは勝村を連れ出すという選択をした。

いつの間にか、それほどまでに、勝村の存在が自分の中で大きくなっていたということだろう。

友人としてではなく、特別な存在として——。

「謝ってもらう必要はないわ。それより、これからどうするつもり？」

さくらは、思考を打ち切って勝村に訊《たず》ねた。

山猫が、深紅の虎と決着を付けようとしていると見て、勝村はそれを止めようとしている。問題は、どうやってそれを止めるか——だ。

神出鬼没と表現される山猫が、どこにいるのかを突きとめるだけでも至難の業だ。そもそも、それができたなら、警察はとっくに山猫を捕まえている。

「正直、ぼくもどうしたらいいのか分かりません。山猫が、どこにいるのか分かりませんから——」

「まさか、ノープランなの？」

さくらは、思わず声を上げた。

勝村に無鉄砲なところがあることは知っていたが、この状況で何もないとなると、ただのバカだ。

もしかしたら、さくらは選択を誤ったのかもしれない。

「捜す手がないわけではありません」

勝村が慌てた口調で言う。

「どんな方法？」

さくらは、安堵《あんど》の息を漏らしつつ訊ねた。

「まず、協力者を集めます」

「協力者？」

「ええ」

「誰？」

訊ねながら、さくらの頭の中には、里佳子と名乗る女の顔が浮かんだ。

さくらを騙《だま》し、珈琲《コーヒー》に睡眠薬を盛った女だ。

それだけではない。彼女は、下北沢のバー〈ＳＴＲＡＹ　ＣＡＴ〉に出入りしていて、ときどき顔を合わせていた。

と、そこまで考えを巡らせたところで、さくらの中にもやっとした感覚が浮上した。

「協力者の名前の前に、一つ訊いておきたいことがあるんだけど」

さくらは、心の内にあるもやもやを晴らそうと口にした。

「何です？」

「もしかして、山猫の正体って、〈ＳＴＲＡＹ　ＣＡＴ〉のマスター？」

倉庫での去り際の山猫の言葉を聞き、妙な違和感を覚えた。

あの気障《きざ》ったらしい言い様に聞き覚えがあったが、勝村の看病をしているうちに、その正体に行き当たった。あれは〈ＳＴＲＡＹ　ＣＡＴ〉のマスターの口調だった。

「あっ、えっと……」

勝村が引き攣《つ》った顔をする。

その反応だけで充分だ。どうやら、さくらの勘は当たっていたようだ。

「まんまと騙されていたってわけね」

さくらは、長いため息を吐いた。

これまで気付かなかった自分が、心底嫌になる。まさか、これだけ近くにいる人物だったとは思いも寄らなかった。

それこそが、山猫の狙いだったのかもしれない。

バーのマスターは、さくらの職業が警察官だと知っていた。その上で、あれだけ堂々と振る舞えるのだから、相当に肝の据わった男だ。

「す、すみません」

勝村が、恐縮したように身を縮める。

今まで、勝村は浮気したらバレるタイプだと思っていたが、ここまでさくらを騙し通したのだから、実際は上手《うま》いことやってしまうのかもしれない。

そもそも、これまで自分を騙し続けていた男の為に、どうしてこうも必死になるのか？

改めて考えてみると、とんでもなく愚かなことのように思えてきた。

だが――。

山猫を捕らえることができれば、勝村を連れ出したことも、不問という扱いになるかもしれない。

こうして連れ出してしまった以上、それが唯一の希望だ。

そう気持ちを切り替えた。

「で、協力者ってのは誰なの？」

さくらが訊ねると、勝村は協力者の名前を挙げた。

わざわざ調べるまでもなく、さくらはその人物たちの名前を知っていた。

「どうして、その人たちが協力者なの？」

「みんな、山猫には恩義があるから、力を貸してくれるはずです」

自信たっぷりに言う勝村を見ていて、何だか頭が痛くなってきた。

勝村が協力者として名を挙げたのは、元暴力団の組長、黒崎大悟《くろさきだいご》の娘――みのりと、ウロボロスの事件に関わったハッカー、魔王こと真生だった。

それぞれの事件のあと、みのりと真生は事情聴取を受けている。その中で、山猫と接点がないと証言していたはずだ。

だが、今の勝村の言い様からして、二人とも山猫の正体を知っていながら、隠蔽《いんぺい》していた節がある。

こうも多くの偽証を見抜けなかったのか——と落ち込んでしまう。

もしかしたら、犬井の言うように、自分は警察官に向いていないのかもしれない。

4

「山猫のことは話してやろう。だが、その前に座ったらどうだ？」

言わ猿は、自分が座っているテーブル席の対面に視線をやった。

犬井の中に躊躇《ためら》いが生まれる。それは、気恥ずかしさからくるものだったかもしれない。成人した子が親と、面と向かって人生を語らうような居心地の悪さ。

もしかしたら、犬井は心の奥底で、今もこの男のことを父親と認知しているのかもしれない。

——いや、そんなことはどうでもいい。

犬井は頭に浮かんだ感覚を振り払い、指定された席に腰かけた。

「一杯呑むか？」

言わ猿が探るような視線を犬井に向ける。

「冗談じゃない」

犬井は即座に拒否した。再会を祝って、酒盛りをするような間柄ではない。

言わ猿も、これ以上は無駄だと判断したのか、諦《あきら》めたように短く息を吐いた。

「山猫のことが知りたいんだったな。ただ、知りたいのは、それだけではないだろ」

言わ猿が口にした。

「どういう意味だ？」

「お前が知りたいのは、山猫と深紅の虎――二人のことだろ」

確かに、今回の事件を解決する為には、単に山猫の過去だけ知っても意味はない。二人の話を聞くべきだ。

「奴らにはどんな因縁がある？」

深紅の虎が、山猫を執拗《しつよう》に追っている理由は何か？　それを知ることが、今回の事件の解決の糸口になる。犬井は、そう考えていた。

言わ猿は、犬井の問いを受け、遠くを見るように目を細めたあと、ふっと笑みを零した。

「私が、彼らと出会ったのは、青門会の連中といざこざを起こす前だった」

静かに言わ猿が語り始めた。

言わ猿を筆頭にした三猿は、かつて青門会と協力関係にあった。それが、猿猴の月を巡るいざこざで、追われることになった。

「それで」

「彼らは、青門会の構成員だった」

「彼らとは、山猫と深紅の虎のことだな」

犬井は念押しする。

「これが、当時の写真だ」

言わ猿は、ポケットから一枚の写真を取り出し、それをテーブルの上に置いた。

犬井は、手に取ってまじまじと見つめる。

高級クラブのボックス席のような場所で撮影されたものだ。そこには、二人の若い男が写っていた。

一人は、見覚えがある。深紅の虎だ。

特徴的な切れ長の暗い目で、カメラを睨み付けるようにしている。まるで、この世界の全てが憎いと言っているようだ。

そして、もう一人は、アイドルとしても通用しそうなベビーフェイスで、深紅の虎とは対照的に、人の好さそうな笑みを浮かべていた。

二人とも、身なりからして、いかにもマフィアの幹部といった感じだ。

「当時はフーとマオと呼ばれていた」

フーとは、虎のことだ。マオは猫を意味する。ということは、やはりマオという男が山猫なのだろう。

犬井は、改めて写真のマオに目を向ける。

——これが山猫の素顔。

犬井が想像していたより、優男といった印象がある。ただ、見かけに騙されてはいけない。山猫は変装を得意としていて、その素顔は犬井も見たことがない。

それに、この写真を撮影した以降に、整形手術などを受けている可能性もある。

「で？」

犬井は写真をテーブルに戻しながら先を促す。

「二人は児童養護施設で出会い、子どもの頃からの親友で兄弟だった」

「兄弟」

「そうだ。歳は一緒だが、フーが兄貴分で、マオがその弟だ」

「上下関係ができていたってわけだ」

「そうだ。腕っ節の強いフーが、臆病なマオを守っている——そんな感じだったらしい。最初は、生活する為にコソコソと盗みを働いていた。警察とシャバを行ったり来たりだったようだ」

「よくある話だな」

貧しさ故、盗みに手を染めていく。海外に限らず、日本でも掃いて捨てるほど転がっている。

「そんな二人を、青門会のボスが拾った」

「あれほどの組織のボスが、どうして町に転がってるようなガキを拾った？」

当時から、青門会は相当に力を持っていた。中国だけに留まらず、日本を含む海外にまでビジネスを展開していたほどだ。構成員は、おそらく数千人を超えていただろう。

そんな組織のボスが、町のチンピラをわざわざ拾ってやる理由がない。

「そこは運が良かった。ある日、ボスの乗った車が、対抗する組織の連中に襲撃された。そのとき、偶々《たまたま》近くにいたのがフーとマオだった」

「ボスを助けたってわけか──」

犬井が口にすると、言わ猿が大きく頷いた。

「彼らは、それをきっかけにボスに拾われ、青門会に入った」

巨大マフィアのボスに恩を売った効果は、相当に大きかっただろう。最初から、かなりいい待遇で迎え入れられたはずだ。

「その後、めきめきと力をつけていった。フーは腕っ節が強かったし、マオの方は頭が切れた。マオが計画し、フーが実行する。いいコンビだったよ。ただ、性格は対照的だったな」

「対照的？」

「そうだ。フーの方は、出世欲の塊のような男だ。気に入らない奴は、力でねじ伏せる。そういうタイプだ」

「今と変わらんな」

犬井は、深紅の虎の暗い目を思い浮かべた。

他人の命を何とも思っていない。人間として、越えてはいけない一線を越えてしまった。そんな目をしている。

「同感だ。相手が警察官であろうと、容赦がなかった。自分の目的の為なら、何でもする。

「悪党が、ルールも何もあったもんじゃない」

犬井が吐き捨てると、言わ猿が「そうだな――」と頷きながら笑った。

「ただ、マオの方は、ルールを重んじていた。美学と言った方がいいかもしれない。やることには、全て筋を通した」

「美学ねぇ……」

訝《いぶか》しげな表情を浮かべた犬井だったが、山猫の持つ独自のルールを鑑《かんが》みれば、頷くこともできる。

悪党から金を盗み、ついでに悪事を暴くという独特のルールを持つ山猫の姿は、マオと重なる部分がある。

「以前、青門会のボスの家に、コソ泥が侵入したことがあった。捕まえたのはマオだったんだが、犯人はまだ十代の少年だった。ボスからは、始末するように言われたが、マオはそうしなかった」

「心優しくも、逃がしてやったってわけか」

そういう偽善に満ちたところもまた、今の山猫と通じるものがある。

人助けをしているつもりかもしれないが、マフィアの構成員である以上は、どんな綺《き》麗《れい》なお題目を並べようと意味はない。

「お前には、理解できない感覚だろうな。だが、そのお陰でマオに恩がある連中がそこら中にいて、ことあるごとに彼を助けたりもした」

「そいつらが、いつまでも味方とは限らない」

裏社会において、昨日の友が今日の敵ということは、往々にして起こる。

結局のところ、人は欲に抗《あらが》うことはできない。

「それは否定せんよ」

言わ猿が小さく首を左右に振った。

「それより、どうしてその二人が仲違《なかたが》いをすることになった？」

「親友だった男同士が揉《も》める理由なんて、だいたいみな同じだよ」

「金と女って奴か」

犬井は舌打ち混じりに言った。

犯罪の陰には、金と女があるとよく言われている。結局のところ、人はみなそれに振り回されているのだろう。

「まあ、そんなところだ」

「下らん」

金も、女も、犬井にはさして執着がない。そもそも、その程度で揉めるくらいなら、それまでの関係だったというだけだ。

「だが、その下らん理由で、殺し合いをするのが、人というものだ」

「知ったふうな口を利く」

「そうかもしれんな」

「で、奴らは金と女のどっちで揉めたんだ？」

「両方だ」

「両方」

「そうだ。ただ、もう一つ根っこには別の問題がある」

「別の問題？」

「プライドって奴だ」

「プライド……」

「そう。プライドは、使い方を間違えると、大きな歪《ゆが》みを生み出すものだ」

言わ猿が話の焦点を、意図的にずらそうとしているように犬井には感じられた。

「そんなことは、どうでもいい。それより、本題を話せ」

犬井は、真っ直ぐに言わ猿を見据えた。

言わ猿は、まだ何か言いたそうだったが、犬井の押しの強さに負けたのか、一呼吸置いてから話を再開した。

5

「一つ訊いていい？」

さくらは、車を運転しながら後部座席にいる勝村に声をかけた。

「何ですか？」

「この先、どうするつもりだったの？」

質問の趣旨が分からないらしく、勝村が困惑した表情を浮かべる。

確かに、今の訊き方では、何についての問いなのか伝わらなかったかもしれない。

「山猫に協力しながら、その先はどうするつもりだったの？　一生、彼の犯罪に荷担して、仲良くやっていくつもりだったの？」

　さくらが、改めて問うと、勝村の表情は苦いものに変わった。

「正直、分かりません」

「分からない？」

「はい」

「それ本気で言ってるの？」

「本気です。ぼくも、どうするつもりだったのか、よく分からないんです。ただ、ぼくが山猫を警察に売ったりすることはなかったと思います」

「そうやって、延々と山猫の犯罪を見過ごすつもりだったの？」

　勝村の言い分に腹が立ち、ついつい詰問口調になってしまう。普段なら、こういうとき口を閉ざすのが勝村だったが、今回は違った。

「確かに、さくらさんの言う通り、山猫の犯罪を見逃すことになります。法的には、あるまじき行為だと思います。でも――」

「でも、何？」

「それ以上に、許せなかったんだと思います」

「何が？」

「山猫が鉄槌《てっつい》を下した犯罪者たちがです」

　悪党から金を盗み、ついでにその悪事を暴く――それが山猫だ。

過去に、山猫が盗みに入った連中は、どいつもこいつも救いようのない悪党だったのは事実だ。

「気持ちは分かるけど、悪党を捕まえるのは警察の役目。窃盗犯が好き勝手にやったんじゃ、それこそ治安が崩壊する」

「分かってます。でも、警察が手を出せない案件だって、たくさんあるでしょ」

「それは、そうだけど……」

　警察の人手不足は深刻だ。全ての事件に人員を割けるわけではない。

　法の壁もある。事件が発生してからでないと、警察は動けないし、捜査も制限されている。証拠を集めて令状を取らなければ、家宅捜索すらできない。

　そうやって、見過ごされてきた犯罪があるのは、疑いようのない事実だ。

　問題はそれだけではない。初動捜査の誤りに気付くことなく、延々と間違った方向に進み続けることだってある。

　さくらが勝村と再会した事件などは、いい例だ。

「そうした警察が動けない事件の裏にも、苦しんでいる人はたくさんいるんです。悪いことは何もしていないのに、搾取されて、行き詰まっている人たちが」

「そうかもしれないけど……」

「ぼくは、納得できなかったんです。弱者の気持ちを踏みにじり、私腹を肥やして好き勝手やってる連中がいることが。そんな姿を見て、黙ってることはできなかったんです」

「勝村は、山猫とそれを救いたかったの？　正義の味方を気取って、自分たちが罪を犯しながら、エゴを満たして満足してたってわけ？　それが、私に嘘を吐き続けていた理由なの？」

自分でも、熱くなり過ぎていることが分かった。

だが、止められなかった。

「正義の味方を気取ってたわけじゃありません」

「気取ってたでしょ。だけど、どんなに綺麗事を並べようと、やってることは犯罪なの」

「言われなくても分かってます」

ルームミラー越しに、勝村が哀しそうに目を伏せるのが見えた。

「本当に分かってるの？　私には、そうは思えないけど」

突き放すような言い方になってしまった。

きっと、さくらがこんなにも興奮しているのは、勝村が語ったようなジレンマを、自分自身も抱えていたからだろう。

これまで、そうした思いを、ぐっと堪《こら》えて生きてきた。人間の感情を殺し、警察官としての矜持《きょうじ》を全うしようとしていたのかもしれない。

だから、羨《うらや》ましいと感じた。

そう。さくらは、自らの信念に則《のっと》って行動していた山猫や勝村のことが、羨ましかったのだ。

上司の指示で、捜査を中断した案件が、いったい幾つあっただろう。法律に阻まれて、手出しができなくなってしまったことが、何回あっただろう。

考えるほどに憂鬱《ゆううつ》になっていくのが分かった。

以前、犬井が組織で捜査をすることが、いかに意味がないかを説いたことがあった。

そのときは、戯れ言だと感じていたが、今ならよく分かる。

犬井が単独行動を好むのは、巨大な組織の中で、己の信念を失うことを恐れたからかもしれない。

そうすることで、犬井なりの正義を貫こうとした。

顧みて、自分はどうだろう？

そんな風に考えてしまったからこそ、勝村にキツく当たったのだ。

「ぼくからも、さくらさんに質問させて下さい」

勝村が、真剣な眼差《まなざ》しを向けてきた。

これまで、勝村のこんな目を見たことがない。頼りない奴というイメージを持っていたが、それは、さくらの勝手な思い込みに過ぎなかったかもしれない。

無視することもできたが、勝村の質問は、どうしても受けなければならない気がした。

「何？」

問い返すのと同時に、ガシャンッとけたたましい音がして、車が大きくバウンドする。

エアバッグが開き、その中に顔を突っ込むことになった。

そのまま、身体が大きく揺さぶられる。

横から何かが衝突して、車が横転したようだ。

さくらは、何とか顔を上げた。

「勝村、大丈夫？」

振り返ると、勝村が「ええ」と応じる。

額から少し出血があるが、大きな外傷は無さそうだ。

良かった――ほっと胸を撫《な》で下ろしたのも束の間、後部座席のドアが乱暴に開き、一人の男が顔を覗かせた。

その顔に、見覚えがあった。

「深紅の虎――」

さくらは、絶望感とともにその名を口にした。

6

「フーは、ずっとマオのことをライバル視していた——いや、少し違うな。たぶん、下に見ていた。だから、同じ歳なのに兄弟だったんだ」

言わ猿は、顎に手を当てて考え込むような仕草で言った。

「マオは、それを快く思ってなかったのか？」

犬井が問うと、言わ猿は首を左右に振った。

「まさか。マオは、そんなことに執着する男ではなかった。フーに感謝もしていたし、本当の兄のように慕ってもいた」

「それがどうして、仲違いをすることになる？」

「青門会に入ってから、二人の立場が逆転してしまったんだ」

「逆転？」

「ああ。ガキの頃は力が全てでも、それはいつまでも続くものじゃない。マフィアといえど組織だ。単に腕っ節が強いだけでは、たかが知れてる」

言わ猿の言う通りだ。

組織において出世していく為には、力だけでは不充分だ。

頭脳も必要だし、内部を取り纏《まと》める統率力が必要不可欠だ。組織が巨大になるほど、政治的な折衝力も必要になる。

「マオは頭が切れたからか」

「そうだ。マオは、数字に強かっただけでなく、機転が利いた。何より、優しい男だったから人望があった」

「人望？　マフィアが言うことか？」

「マフィアも組織だ。人望のない奴が生き残れるほど甘くない。マオの立場が、フーより上がっていくのは必然だったんだよ」

「奴は、それに気付かなかったってわけか？」

「そうだ」

「愚かな男だ」

「かもしれんが、フーからすれば、納得のいくものではなかった。舎弟だと思っていた男が、自分の上に立ったんだ。幹部として昇格していくマオとは対照的に、フーには、危険な汚れ仕事ばかり回ってくるようになった」

「どんな仕事だ？」

「色々だ。借金の取り立てや、裏切り者を痛めつけたり、対立組織への殴り込みだったり、まあ、そんな感じだ。それが続くうちに、フーのマオに対する感情は、次第に屈折していった。奴が、深紅の虎と呼ばれるようになったのは、その頃だった。本人は、力を見せつけるつもりだったんだろうが、あまりに容赦のないやり方だった」

「容赦していたら、裏の世界では生き残れないだろう」

犬井が口にすると、言わ猿は眉《まゆ》をひそめた。

　意外な発言だと言いたそうな顔だ。

「ものごとには限度というものがある。取り立てのついでに、一生立ち上がれないほどの傷を負わせたり、痛めつけるだけと言われているのに、殺してしまったりでは、厄介者扱いされるのは当然だ」

「まあ、そうかもしれないな」

　犬井も容赦なくやっていると思われがちだが、それなりに手加減している。口を割らせたいのに、殺してしまったのでは意味がない。目的を見誤り、鬱積した感情を爆発させるように暴れたのでは、たまったものではない。

「組織内でも、コントロールできないフーを持て余し、余計にマオとの差が開いていった。そのことが、さらにフーを暴走させる。悪循環だ」

「てめぇの無能さを棚に上げて、恨んだというわけだ」

「まあ、そんなところだ。そんな折、二人は一人の女を巡って争うことになった。結果は、言わなくても分かるな」

「ああ」

粗暴で屈折したフーになびく女はいなかっただろう。

「金、組織での地位、女――マオは全てを手に入れた。フーは、それを奪われたと思うようになった」

「己の力の無さを、受け容れられなかったのか」

「それは、少し違うな」

言わ猿が、にっと口の端を吊《つ》り上げて笑った。

青臭いガキだと言われている気がして、嫌な感覚が胸に広がる。

「どう違う？」

「無力とひと言で片付けてしまうことではない。人には、それぞれ適性というものがある。受け容れるのは、己に力が無いことではなく、どんな力があるか――だ」

「お前のような男に言われても、説得力はない」

否定はしてみたものの、納得する部分はあった。

フーには、腕力があったのだ。それを、最大限に活《い》かす方法を見つければ良かった。自分のやり方で、マオを超えれば良かった。

だが、奴は欲張った。マオを超えようとした。全てにおいて、自分が上に立とうとした。

その結果、歪んでいったのだろう。

「フーは、マオを超える為に、最悪の手段を取った」

「最悪の手段？」

「そう。マオが、青門会の情報を警察や対立する組織に横流ししているという、偽の情報を流した」

「それで、マオは追われることになった？」

「追っ手として放たれたのは、フーだ。もちろん、彼自身が志願した。マオを葬り、女を奪い、組織の中でのし上がろうとした」

「その結果どうなった？」

犬井が問うと、言わ猿は、大きく息を吐いた。

「マオを殺すはずが、それを庇《かば》って女が死んだ。マオは、重傷を負ったが、何とか一命を取り留めた」

「無様にも取り逃がしたというわけか」

「マオには、友人がたくさんいたからな。その友人たちが、マオを死んだと見せかけ、密《ひそ》かに国外に脱出させた」

「マオは、日本に渡り、山猫となった――」

犬井が口にすると、言わ猿は何も答えずに、ただじっとテーブルの上に置かれた写真を見つめていた。

深紅の虎が、どうして山猫にご執心なのか、その理由はよく分かった。

屈折したライバル心があるだけではなく、もし山猫の口から真実が語られるようなことがあっては、組織の中で築いた地位が揺らぐ。いや、間違いなく消されることになる。

ただ、ここで一つ引っかかることがあった。

「どうして、お前はそこまで知っている？」

言わ猿から返事はなかった。だが、犬井はその答えに行き当たった。マオを助けた友人たちの中に、言わ猿もいた。

そうした恩義もあったからこそ、前回の事件のとき、山猫が暗躍したのだろう。

「それで、今、深紅の虎と山猫はどこにいる？」

一番重要なのはそこだ。

「深紅の虎の居場所など、わざわざ訊かずとも分かるだろう」

――それもそうだ。

深紅の虎は、青門会の幹部だ。日本の拠点を根城にしていることは、ほぼ間違いない。

「山猫の方は？」

犬井が訊ねると、言わ猿は訝しむような顔をした。

「さっきの話を聞いていなかったのか？」

確かにそうだ。

何も、恨みがあるのは深紅の虎だけではない。マオ——いや山猫も、かつての友人に恋人を殺されているのだ。

山猫からしても、今回の一件を復讐《ふくしゅう》の好機とみているに違いない。

「分かった」

犬井が立ち上がったところで、言わ猿が「待て」と呼び止めた。

「何だ？」

「私を捕まえないのか？」

「今は、山猫と深紅の虎が先だ。お前の相手は、また今度してやる」

犬井はそう告げると、言わ猿がどんな顔をしているのか、確認することなく店を後にした。

路地を歩き始めたところで、携帯電話に着信が入った。

犬井が電話に出ると、受話口の向こうから、慌てた調子の声が聞こえてきた。

それによると、勝村とさくらが、何者かに拉致《らち》されたということだった。

「面白いことになってきた——」

呟くように言うのと同時に、犬井は駆け出した——。

The third night

三日目

夜

1

勝村は、両手を後ろに拘束された状態で、コンクリートの地べたに座らされていた。

壁も天井もコンクリートで固められている、倉庫のような場所だ。窓の類《たぐ》いがないことから、地下であるらしい。

らしい——という表現を使ったのは、ここに連れてこられるまで、頭からすっぽりと黒い布を被《かぶ》せられていて、正確に状況を把握することができていなかったからだ。

「かなりヤバいわね」

勝村の隣で、同じように拘束されたさくらが、自分たちを取り囲んでいる男たちに目をやりながら言う。

「同感です」

勝村は、ため息交じりに応じる。

深紅の虎の目的が何なのかは不明だが、これまで見せた凶暴性からして、勝村たちを無事に帰すつもりはないだろう。

何とか逃げ出したいところだが、両手を縛られている状態では、そう簡単にはいかない。仮に、自由の身であったとしても、十人近い武装した男たちに囲まれているのだから、そうそう手に負えるものではない。

「まさか、生きているとは思わなかった」

そう言いながら、深紅の虎が勝村の前に立った。

向けられる視線は、暗く濁っていて、精神を蝕《むしば》んでいくようだ。

「ど、どうして、ぼくが生きていると分かったんです？」

倉庫での爆発があったことは、ニュースで報道されたが、そこでの犠牲者の有無については、まだ情報が出ていないはずだ。

深紅の虎は、にっと笑みを浮かべると、ポケットからスマートフォンを取り出した。

「こいつだ」

「スマホ？」

「そうだ」

「ぼくのスマホを盗聴していたってことですか？」

勝村が問うと、深紅の虎はわずかに目を細めた。

「盗聴は盗聴だが、お前らが考えているのとは、少しだけ違う」

「どう違うんです？」

「携帯電話のシステムは知っているな」

「大枠は……」

「電話をかけるとき、電話同士が、直接繋《つな》がっているわけではない。近くにある基地局に電波を飛ばし、そこを経由して通話をしている」

わざわざ説明されるまでもなく、それくらいのことは理解している。

「それがどうしたんです？」

「つまり、全ての通信が、必ず一度基地局を経由するわけだ」

「何が言いたいんです？」

「この基地局の通信網を、全て掌握することができたら、どうなると思う？」

「全ての通話が盗聴可能になる」

口にするのと同時に、その恐ろしさにぞっとした。

基地局を押さえてしまえば、わざわざスマートフォンに盗聴器を仕掛ける必要はない。好きなときに、誰の会話でも自由に聞くことができるということだ。

いや、単純に会話だけに留《とど》まらない。

メールやSNSの情報はもちろん、電子マネーなどの基地局を経由する情報の全てが、筒抜けになるということだ。

だが――。

「そ、そんなこと、できるわけない」

「それが可能なんだよ。予《あらかじ》め、基地局にそうしたシステムを組み込んでおけばいいだけだ」

「そんな……」

「元々は、日本政府が考えたシステムだ。来るべき、オリンピックに向けてのテロ対策という名目で、秘密裏にビルドに、盗聴ツールの構築を依頼した」

「どうしてビルドに……」

「正規のルートで、キャリアにオファーを出せると思うか？」

　確かにそうだ。

　政府主導で、全国民の携帯電話の電波を傍受するシステムを作れ――などとオファーが出せるはずがない。

「だから下請けのビルドに？」

「そういうことだ。我々は、それを拝借したというわけだ」

　充分に考えられることだ。以前、アメリカでも政府ぐるみで行われた同様のケースが明るみに出て、問題になったことがある。

　エドワード・スノーデンという人物の内部告発だった。

　アメリカ国家安全保障局（ＮＳＡ）が、バウンドレス・インフォーマントというツールを使い、全世界で九百七十億件／月ものインターネットと電話回線の傍受を行い、情報収集をしていたという衝撃的なものだった。

しかも、スノーデンは、同様のことが日本でも起こり得ると警鐘を鳴らしてもいた。オリンピックを目前に控えたこのタイミングで、政府が特殊なツールを使い、日本国内で行われる通信の盗聴をしようとしていたとしても、何ら不思議はない。

今になって思えば、山猫は最初からそのことを知っていたのかもしれない。

だから、ビルドを狙った。彼が、最後に暴こうとした悪は、国民を欺こうとした日本という国そのものだった。

しかし、問題が起きた。

それが青門会であり、深紅の虎だ。彼らは、ビルドが構築したツールを横取りしてしまった。

深紅の虎は、拝借などという控えめな言い方をしていたが、実際は恐喝だったのだろう。

ビルドの社長、落合は、それに屈し、青門会にシステムを提供してしまった。

政府には、そのことは明かしていないだろう。もし、知っていれば、総動員で青門会を叩《たた》くはずだ。

「まだ、東京の一部でしか使用されていないが、それでも、君のスマートフォンの会話を傍受することができた」

深紅の虎が、いとも簡単に、勝村が生きていることだけでなく、その居所までも突きとめてしまった理由に納得した。

だが、問題はそんな小さなことではない。

スマートフォン利用者の全ての情報が筒抜けになるのだ。しかも、政府にだけではなく、中国系マフィアの青門会にまでも――。

データを盗んで、直接的な詐欺行為を行うことは容易《たやす》い。

警察のガサ入れなどの動きを事前に察知することができるし、他人の弱みを容易に握ることもできる。

企業間の取引情報なども、事前に分かっていれば、投資で稼ぐことも簡単だ。

用途は、無限に広がる。

「どこまでも、貪欲《どんよく》な奴らね」

さくらが、吐き捨てるように言った。

が、その程度の罵倒《ばとう》では、深紅の虎は動じなかった。

「好きに言えばいい。正直、上の連中が、どんな方法で金儲《かねもう》けをするかなんて、興味がない。私は、ただ、あの男を葬り去りたいだけだ」

深紅の虎が、冷淡に言った。

強い憎しみが込められているのが、ひしひしと伝わってきた。

「お前には、また餌になってもらう。山猫を誘《おび》き寄せる為の餌に」

深紅の虎は、例の暗澹《あんたん》とした目で勝村を見る。

どうあっても、山猫に執着するつもりらしい。ここまで、深い情念を燃やす、山猫との因縁とは、いったいどんなものなのだろう？

興味はあったが、今はそれよりも、この状況から抜け出す方法を考えることが先だ。

「あの山猫が、同じ手に何度も引っかかるとは思えない」

勝村の言葉に、深紅の虎はふっと笑った。

「お前は、奴の何を見ていた？　奴は何度でも、同じ過ちを犯す。義理や人情に振り回されて、自分の首を絞める。そういう男のはずだ」

反論の言葉が思い浮かばなかった。

深紅の虎の言う通りだ。山猫は、何があろうと、相手が誰であろうと、自分のやり方を変える男ではない。

自分の命を犠牲にしても、信念を貫く——そういう男だ。

今、ここに山猫が現れて無事に帰れるだろうか？　仮に姿を現したとしても、これだけの敵に囲まれていては、打つ手無しだ。

いや、諦《あきら》めるのはまだ早い。勝村は、みのりと真生に協力を頼み、合流する予定になっていた。

みのりや真生が、合流するはずの勝村が現れないことに異変を感じ、何かしらの動きを取ってくれれば、ここから脱出することも可能かもしれない。

「一応、言っておくが――」

深紅の虎が、勝村の顔を覗《のぞ》き込む。

「え？」

「お前が合流しようとしていた仲間に期待しても無駄だ」

「無駄って……」

「言っただろ。私は、お前のスマートフォンの会話を傍受しているんだ。今頃、私の部下が、始末に向かっている」

深紅の虎の言葉は、勝村を絶望させるのに充分だった――。

2

犬井は、新宿《しんじゅく》の歌舞伎町にある雑居ビルの前に立った。

新宿の区役所通りから、一本奥に入った路地。地上七階建ての細長いビル。青門会が本部にしている建物だ。

かつて、中国マフィアはこの辺りを縄張りにしていた。

全盛期は、銃撃戦が行われるほど、派手に活動していたが、取り締まりの強化などにより、今は鳴りを潜めている。

とはいえ、完全にいなくなったわけではない。活動の方法を変えたに過ぎない。前回の三猿の事件などいい例だ。あのとき、事件の拠点になった新興宗教団体は、青門会の息がかかっていた。

企業や団体を隠れ蓑《みの》にして、活動を継続している。

目の前にあるビルも、三階までは、キャバクラやホストクラブなどが入居する雑居ビルの体裁をとっているが、それより上は、奴らの拠点になっている。

それが証拠に、ビルの入口の前には、いかにも筋者といった雰囲気のアジア系の外国人が、二人立っていた。

ジャケットを羽織っているが、丸腰でないことが分かる。

だが、所詮《しょせん》はチンピラだ。正面突破で、ビルに突入すればいい。あとは、出たとこ勝負だ。

吸っていた煙草を地面に落とし、靴底で踏み消してから、覚悟を決めて歩き出した。

が、次の瞬間、誰かに腕を摑《つか》まれた。

犬井は素速く腕を振り払いつつ、身構える。そのまま、拳《こぶし》を突き出そうとしたところで、「待て！」と制止する声が響いた。張本だった――。

「お前か」

犬井は、構えた拳を下ろしたが、警戒は緩めなかった。

青門会の幹部の一人、張本。優男風だが只者《ただもの》ではない。その証拠に、犬井に気付かれることなく、この至近距離まで来ていたのだ。

「あなたは、どういう神経をしているんです？」

張本が、呆《あき》れたような口調で言う。

前に会ったときより、声がくぐもっているような気がする。周囲を気にしながら、喋《しゃべ》っているからかもしれない。

「何が言いたい？」

「青門会の本部に、単身で殴り込みに行くなんて、自殺行為ですよ」

「所詮、チンピラの巣だ」

「舐《な》められたものですね。あの中には、百人を超える連中が控えているんです。いくら、あなたでも手に負えませんよ」

「チンピラが、いくら数を揃えたところで、意味はない」

「頑固な人だ」

「好きに言え。おれは、深紅の虎と山猫に用がある」

今ここで、張本の相手をしているほど暇ではない。振り切って先に向かおうとしたが、張本がそれを遮るように立ち塞《ふさ》がった。

「待って下さい。せっかく、情報を渡したんです。簡単に死なれては、こちらとしても困るんですよ」

「お前の都合なんざ、知ったこっちゃない。どけ」

「そう焦らないで下さい。残念ながら、あのビルには、あなたの捜している人物はいません」

「どういうことだ？」

「深紅の虎が、あなたの友人たちを拉致《らち》したのは、ご存じですか？」

「ああ」

友人という言い方は適切ではないが、勝村とさくらが拉致されたという情報は、すでに摑んでいる。

深紅の虎の狙いは明白だ。二人を、山猫を誘き寄せる為の餌として利用するつもりだろう。かつて、犬井がやったように——。

「私の情報によれば、深紅の虎は、彼らをここと別の場所に連れ去っています」

「どこだ？」

犬井は、きっと張本を睨《にら》んだ。

「船橋《ふなばし》です」

「船橋？」

「ええ。あそこに、ファイヤーウェイの日本法人の工場があります」

「ファイヤーウェイと青門会は、繋がっているってことか？」

「ええ。ファイヤーウェイが、日本に進出するときに、青門会が、色々と口利きをして、それ以来、持ちつ持たれつです」

——なるほど。

ファイヤーウェイは、最近、シェアを伸ばしている中国系のＩＴ企業だ。日本でも、スマートフォンやパソコンなどを販売している。

上場している企業が、まさか裏でマフィアと手を組んでいるとは、誰も思わないだろう。だからこそ、隠れ蓑としては、もってこいだ。

「いいのか？」

犬井は、ここで改めて張本に問う。

ファイヤーウェイとの癒着が明るみに出れば、警察も黙ってはいない。徹底的に叩き潰《つぶ》すことになるだろう。青門会にとっては、大打撃のはずだ。

「正直、今の青門会は、崩壊寸前です。一度、血を入れ替えた方がいいんですよ」

淡々と口にする張本の目に、野心の光が灯《とも》った気がした。

この男は、自分がナンバー１の座に就く為に、一度、組織を崩壊させようと考えているようだ。

上層部を一掃し、自分の帝国を築こうとしている。

善意で犬井に協力しているわけではない分、信頼がおけるともいえる。

「分かった。お前の情報を信じよう」

犬井が、踵《きびす》を返して歩き出そうとしたところで、張本に呼び止められた。

「船橋の工場は、警備が厳重です。そう簡単には、入り込むことができませんよ」

「それがどうした」

困難だからといって、手を拱《こまね》いているような腑抜《ふぬ》けではない。そんなことは、張本も分かっているはずだ。

「あなた一人では、自殺行為に等しい」

「情報を渡しておいて、今さら脅すのか？」

「そんなつもりはありません」

「では何だ？」

「道案内をしますよ。工場に、安全に入ることができるルートがあるんです」

張本が浮かべた不敵な笑みに、犬井は嫌な予感がした。

3

黒崎みのりは、下北沢にあるバー〈STRAY　CAT〉に足を運んだ。

雑居ビルの二階にある店舗の前に立つ。木製の扉には〈CLOSED〉の札がぶら下がっていた。

勝村から連絡があり、ここで合流する手はずになっている。

詳しい事情は分からないが、何でも山猫が危機に瀕《ひん》しているらしい。それを聞いて、黙っていることはできない。山猫には恩義がある。

みのりの父親は、かつて暴力団の組長だった。

対抗する別の暴力団によって拉致されたことがあるのだが、それを助けてくれたのが山猫だった。

それだけではない。みのりは、そのあとも、幾度となく山猫に助けられている。その借りを返すときだ。

重い扉を押し開けると、カランッと鐘が鳴った。

薄暗い店のカウンターのスツールに、中学生くらいの男の子が一人座っていた。

みのりの姿を見ると同時に、はっと慌てたように立ち上がる。

「もしかして、真生君？」

みのりが訊《たず》ねると、少年は大きく頷《うなず》いた。

真生のことは、以前に勝村から聞いたことがある。ハッキング技術に優れた少年で、山猫と一緒に事件を解決したことがある。

「黒崎みのりさんですね」

真生が言った。

どうやら、真生の方も、勝村から話を聞いているようだった。

「うん。勝村さんはまだ？」

みのりが訊ねると、「そうみたいです」と真生が不安げな顔で答えた。

腕時計に目を向ける。指定された時間の五分前だ。勝村は、記者という仕事柄か、時間にきっちりしている方だ。もう来ているかと思っていたのに、少しだけ拍子抜けする。

「山猫さんに、いったい何があったんだろうね？」

みのりは、スツールに腰掛けながら真生に訊ねる。

「ぼくも、詳しいことはまだ何も。ただ、勝村さんから、協力して欲しいって言われただけで……」

真生は、戸惑いの表情を浮かべつつスツールに座り直した。

「そっか……」

事情を知らないのは、真生も同じということのようだ。

それでも、こうして勝村の呼びかけに応じたのだから、みのりと同様に、山猫に対して恩義を感じているのだろう。

何にしても、勝村の到着を待つしかない。

「少し、気になることがあるんです」

真生が、カウンターの奥にある酒棚に目を向けながら、ぽつりと言った。

「何？」

「ここに到着したとき、勝村さんのスマホに電話してみたんですけど、コール音ばかりで、全然応答がなくて……」

「電車の中とか？」

「ぼくも、最初はそう思ったんですけど、何だか嫌な予感がして、ちょっと調べてみたんです」

真生は、バッグの中からタブレット端末を取り出した。

「何を調べたの？」

「勝村さんのスマホが、どこの基地局と交信したか——です。それによって、だいたいの居場所は分かりますから」

真生は、喋りながら器用にタブレットを操作している。

「そんなの、調べられるの？」

「普通は無理ですけど、裏技を使えば……」

答えながら、真生の声はどんどん小さくなっていく。

多分、裏技というくらいだから、合法的な方法ではないのだろう。

「緊急事態だから、仕方ないよ」

「そう言ってもらえると、少しだけ気が楽になります」

「それで、勝村さんの居場所は分かったの？」

みのりが改めて訊ねると、真生は顎《あご》を引いて頷いた。

「はい。ここです――」

真生は、地図を表示させたタブレット端末をカウンターの上に置く。身を乗り出して覗き込んだみのりは、思わず首を傾げた。

そこに表示されていたのは、下北沢とはかけ離れた場所だった。

「どうして、勝村さんは、こんな場所に？　もしかして、ここには来ないってこと？」

「詳しいことは分かりません。でも、嫌な予感がしませんか？」

「する」

みのりは即答した。

勝村は、何の連絡もなく、約束を反故《ほご》にするようなタイプではない。きっと彼の身に何かあったに違いない。

「時間を過ぎても、連絡が取れない場合は、この場所に行ってみた方がいいかもね」

みのりが提案すると、真生も「そうですね」と賛同の意思を示した。

大変な事態になっていなければいいのだが——。

みのりの思考を遮るように、カランッという鐘の鳴る音がして扉が開いた。

勝村が来た。そう思って目を向けたのだが、そこに立っていたのは、見ず知らずの二人の男だった。

二人とも、スーツを着てはいるが、会社員には見えない。堅気とは、明らかに違う目をしていた。

この連中が、友好的でないのは明らかだ。

みのりは、すぐにスツールから立ち上がって身構える。

真生も、タブレット端末を胸の前で抱えるようにして、男たちと距離を取る。

体格や立ち姿からして、二人とも何かしらの格闘技をやっていたと思われる。だが、不意を突けば、ねじ伏せることも可能だ。

「何の用？」

みのりは、毅然《きぜん》とした態度で訊ねながら、男たちとの闘いをシミュレートする。

まず、右側の男の股間《こかん》を蹴《け》り上げ、そのままの勢いで、左の男の顔面に肘《ひじ》と膝《ひざ》を叩き込む。

素速く動こうとしたみのりだったが、それより早く、男たちが懐から何かを取り出した。

オートマチック拳銃《けんじゅう》のトカレフだった。

拳銃二丁を突きつけられてしまっては、さすがに動きようがない。

「あなたたちは、何なの？」

ここで動揺しては、相手の思う壺《つぼ》だ。みのりは、怖さを心の底に沈め、男たちを睨み返しつつ、何か手はないか必死に思考を巡らす。

だが、男たちは、それを待つことなく、無言のまま銃口を向け、狙いを定める。

最初から交渉の余地なし。問答無用に命を奪うつもりらしい。

男たちの指が、同時にトリガーにかかる。

──まずい。

そう思った途端、どういうわけか男が次々と、操り人形の糸が切れたように倒れ込んだ。

──何があったの？

唖然《あぜん》としつつ、目を向けると、さっきまで男たちが立っていた場所に、一人の女性の姿があった。

「あなたは……」

4

「最悪ね」

さくらは、思わず口にした。

拘束された上に、武装した男たちに包囲され、山猫を誘き寄せる為の餌として利用される。

屈辱と怒りが同時にこみ上げてくる。

「同感です。でも、まだ何か方法はあるはずです」

答えたのは勝村だった。

恐怖で震え上がるのが普通なのに、勝村の目は、何かを企《たくら》んでいるように見える。

「脱出する方法があるの？」

「いいえ」

即答されてしまった。

期待していた部分もあっただけに、拍子抜けしてしまう。

「ただ、黙って捕まっているだけじゃ癪《しゃく》に障ります。ギリギリまで、ここから逃げ出す方法を考えましょう。それが、山猫を救うことにも繋がります」

あまりに勝村が、毅然と言うので、さくらは啞然としてしまった。

勝村は、こんなにも頼もしい男だっただろうか？　そうした疑問を浮かべてしまう自分に、はっとなった。

さくらは、勝村を自分のイメージに閉じ込めていたのだろう。

大学時代の印象を引き摺《ず》り、こういう奴だと決めつけて接していた。だから、勝村と山猫が結託していることを、見抜くことができなかった。

再三に亘《わた》り、犬井は、そう口にしていたのに、耳を貸そうとしなかった。

やはり警察官失格だ。

「今、山猫を救うことに繋がるって言ってたけど、勝村は本当に山猫が来ると思ってるの？」

「来ますよ。必ず」

勝村の口調に迷いはなかった。

「どうして、そうだと言い切れるの？　相手は窃盗犯よ。危険を冒してまで、助けに来るとは思えないわ」

「それでも、山猫は来ます。ぼくには分かるんです」

山猫を信じて疑わない。そういう言い回しだった。

それほどまでに、勝村が山猫を信頼していることに驚くと同時に、ぎゅっと胸に締め付けられるような痛みが走った。

「裏切られるかもよ」

精一杯の抵抗だった。

「さくらさんだって、山猫がどういう男か、分かっているでしょ」

勝村の目は、怒っているようだった。

それを見て、改めて思い知らされた気がする。自分は、何も見ていなかったのだ――と。

勝村のことだけではない。山猫のことにしても、窃盗犯という枠組みの中に閉じ込め、その人格を考えようとしたこともなかった。

今になって、自分の浅はかさを知った。

「一応、言っておくが、いくら逃げる算段を立てたところで無駄だ。仲間の助けも望めないしな」

深紅の虎が、会話に割って入ってきた。

暗澹とした目を向けられ、さくらは黙るより他になかった。だが、勝村は違った。

「無駄かどうかは、やってみなきゃ分からない」

ただ、自棄《やけ》になって言っているのとは違う。しっかりと冷静さを保ち、駆け引きの言葉を投げている。

やはり、勝村はさくらが思っているような男ではなかった。

「思うのは自由だ。おれとお前、どっちが正しいかは、いずれ分かることだろう」

深紅の虎は、そう告げると配下の男たちに目配せをした。

男たちは、ジュラルミンのケースが載った台車を押しながら、近付いて来た。ケースの中身は不明だが、かなり重そうだ。

「また、同じ仕掛けをしようっていうんですか？」

勝村が、深紅の虎とケースを交互に見ながら訊ねる。

「全く同じではない。あの一件で、おれも少し反省した。遠くから銃で撃つという方法ではなく、山猫はこの手で直接葬り去らないと気が済まない。また、生き返ったりされたら困るしな」

「山猫とやり合って、勝てないから、あんな卑怯《ひきょう》な手を使ったんじゃないんですか？」

勝村が言い終わると同時に、パンッと何かが弾《はじ》けるような音がした。

深紅の虎が、勝村の頰を平手打ちしたのだ。相当に強烈な一撃だったらしく、勝村の口からボタボタと血が滴り落ちる。

「勝村！」

声を上げたものの、それだけだった。

両手を拘束された状態では、傷の手当てどころか、血を拭《ぬぐ》ってやることすらできない。

「安心しろ。山猫を殺したあとは、お前も直接、おれの手で殺してやる。つまらんトリックで、逃げられないようにな」

「きっと、その機会はない。あんたは、絶対に山猫に勝てない」

口から血を流しながら、勝村が深紅の虎を挑発する。

再び、平手打ちをされた。それでも、勝村は、深紅の虎を睨み続けた。肝が据わっているというより、無鉄砲だ。

「どんな勘違いをしているか知らんが、おれはあの男に負けたことは、ただの一度もない。あの男は、おれの真似をしているに過ぎない。周りが何と言おうが、おれの方が、あの男より上なんだ」

深紅の虎は、それだけ言うと背中を向けて歩いて行った。

「バカなの？　余計なことを言うから、痛い目に遭うんでしょ」

さくらは、勝村に声をかける。

てっきり「すみません」といつものように詫《わ》びるのかと思ったが、意外にも勝村はふっと笑ってみせた。

「何がおかしいの？」

「ちょっと、色々とありまして」

「色々って何？」

「簡単なことです。たった今、全てに納得したんです。どうやら、ぼくたちは、あいつの掌《てのひら》の上で、踊らされていただけみたいです」

勝村が、遠ざかっていく深紅の虎に目を向けた。

5

犬井は、道を挟んだ先にある工場に目を向けた。

横長の直方体の建物が、三つ並んでいて、コンクリートで造られた壁に囲まれ、そこかしこに、監視カメラが設置されている。正面にゲートがあり、警備員が二人並んで立っている。

張本が言っていたように、厳重というほどの警備ではない。正面のゲートで、警察手帳を提示すれば、中に入ることは可能だ。

仮に拒絶されたとしても、相手は二人だ。強引にねじ伏せればいいだけだ。

「無理ですよ」

犬井の考えを察知したのか、隣にいた張本が笑みを浮かべながら言う。

この場所には、張本の運転する車で移動した。てっきり、そのまま帰るのかと思ったが、車を降りてここまでついて来た。

「あの程度のセキュリティーなら、簡単に突破できる」

「敷地に入るまでなら、問題ないでしょうね」

張本が意味深長に目を細める。

「どういうことだ？」

「表向きは、工場なわけですから、あからさまに厳重な警備を敷けば怪しまれます」

「警備が厳重だと言ったのは、お前のはずだが？」

「ええ。要は、一部区画を重点的に、警備強化しているんです。一番左の建物がありますよね」

張本が、すっと指さした。

建物の規模としては、一番小さいが、外観の新しさから、他の二棟とは違い、最近になって建てられたものだということが分かる。

「あそこに深紅の虎がいるのか？」

「そうです。あの建物、表向き研究開発棟ということになっていて、一般の従業員は立入が禁止されています。そうやって、無関係な人間を排除して、麻薬の精製を始めとした、非合法ビジネス準備拠点になっています」

「つまり、あそこが青門会の本丸というわけか？」

「その通りです。入口の手前に暗証番号入力装置と静脈認証装置、それに金属探知機なんかも付いていて、容易には出入りできないようになっています。騒ぎを起こせば、すぐに警備がすっ飛んで来ます。もちろん、敷地のゲートにいる二人とは、明らかに違う種類の人間です」

確かに、そうなると犬井一人では、容易に中に入ることはできないだろう。

ただ、こういう言い方をするということは、張本には何か考えがあるに違いない。

「それで、どうやって中に入ればいい？」

「犬井さん。鼻はいい方ですか？」

「何？」

「よく言うじゃないですか。犬は鼻が利くって。そんな犬井さんには、少しばかり苦行になるかもしれませんね」

ニヤニヤと笑っている張本が、薄気味悪かった。

初めて会ったときとは印象が違う。

「言いたいことがあるなら、さっさと言え」

「ここから侵入するのが、一番効率的ですよ」

張本が、道路の脇にあるマンホールを蹴った。

「下水道？」

「そうです。この下水道を辿《たど》っていけば、あの建物まで容易に近付けます。深紅の虎は、地下室にいます。あとは、言わなくても分かるでしょ」

「ああ」

犬井が答えると、張本は早速、マンホールの蓋《ふた》を開け、備え付けられた梯子《はしご》を、するすると下りて行った。

犬井も、そのあとに続く。強烈な臭いが鼻を突く。

張本が言ったように、

「では、行きましょう」

ポケットから懐中電灯を取り出した張本は、その明かりを頼りに歩き始めた。

だが、犬井はすぐに後を追いかけることはしなかった。

「一つ訊きたいことがある」

犬井が声をかけると、張本はピタリと足を止め、背中を向けたまま「何です？」と問い返してきた。

「お前は、誰だ？」

犬井は煙草に火を点《つ》けると、腰のホルスターにあったリボルバーを抜き、張本の背中に銃口を向けた。

「ご存じのはずです」

張本は、背中を向けたまま答える。

「誤魔化すなよ。お前は、張本じゃない」

犬井が断言すると、ようやく張本が振り返った。

少しは動揺しているかと思ったが、何事もなかったかのように、平然としている。

「いったい、何を仰《おっしゃ》っているんですか？」

「分からねぇか。お前は、偽者だって言ってんだよ」

「その根拠は？」

「単純な話だ。青門会の幹部であるはずのお前が、ノコノコと一人で歩き回るはずがない」

現に、初めて会ったときには、二人のボディーガードを従えていた。それなのに、今回は、自分で車の運転までしていた。

どう考えても不自然だ。

「私だって、一人で出歩くことくらいあります。特に、今回は、自分の組織を裏切る行為をしようとしているんです。あまり大っぴらに動けませんよ」

「あくまでシラを切るか？」

「それが真実です」

張本が、真っ直ぐに犬井に目を向けた。

真摯《しんし》な態度で、嫌疑を晴らそうとしているように見えるが、それこそが不自然極まりない。

「だったら訊くが、どうして正面から入らなかった？」

「ですから、それはさっきも説明しました。警備が厳重なんですよ」

「お前は幹部なんだろ。厳重な警備システムをスルーできるはずだろ」

「もちろんです。しかし、あなたが一緒ですからね」

「おれをビジネスパートナーだと言い張って招き入れるなり、捕らえたふりをするなり、やり方は幾らでもあるはずだ。本当は、静脈認証を通過できない理由があるんじゃねぇのか？」

「どんな理由です？」

「いくら特殊メイクで顔を真似ても、静脈認証を誤魔化すことはできない」

さすがに張本が言葉を詰まらせた。

最近は、特殊メイクの技術が上がっている。別人に成り済ますことくらいはできるだろう。

親しい間柄ならともかく、一度会った人間を欺くことくらいは容易い。

だが、静脈認証となると話は別だ。

静脈認証は、掌などにある静脈のパターンを使って個人を認証するシステムだ。手を翳《かざ》すだけで、容易に認証ができる上に、体内にある静脈なので、指紋などのように偽造し難《にく》いことなどから、昨今、様々な場面で利用されている。

「さすが、狂犬と渾名《あだな》されるだけのことはある」

口調が変わった。

やはり、この男は、張本ではなかった。

「答えろ。お前は何者だ」

詰め寄った犬井だったが、男はまるで動揺しなかった。

「どうぞ、撃って下さい。撃てれば――の話ですけど」

――しまった。

そう思ったときには遅かった。

犬井の後頭部に、硬い何かが押し当てられた。確認するまでもない。おそらくは、銃口だろう。

この男の目的は、犬井をこの下水道に誘き寄せることだったようだ。

6

——どうやら、ぼくたちは、あいつの掌の上で踊らされていたようだ。

勝村は、そのことに自力で気付いたわけではない。

腕時計が、突如として振動を始めたからだ。

勝村の腕時計に、そんな機能は付いていなかった。おそらく、山猫に撃たれたあのとき、腕時計が別のものとすり替えられていたのだろう。

思えば、前にも同じようなことがあった。勝村のメガネに、いつの間にか通信機器が仕込まれていて、気付かないうちに電波妨害をして、相手を錯乱させていたのだ。

今回も、それと同じことをやったのだろう。

つまり山猫は、最初から勝村が深紅の虎に捕まることを想定していた。いや、むしろ、そうさせることこそが、山猫の作戦だったのだろう。

振動は一定間隔ではなく、リズムがあった。ツー、トン、ツー、ツー、といった感じだ。

おそらく、これはモールス信号になっているのだろう。それを使って、勝村にメッセージを伝えようとしている。

勝村は、振動に乗せられたモールス信号を解読することに集中した。

――なるほど。

モールス信号を解読した勝村は、思わず笑みを零《こぼ》した。

本当に大した男だ。

全てを先読みした上で、その上をいく作戦を立案する。これまで、山猫が深紅の虎に追い込まれていると思っていたが、それは勘違いだったようだ。

それだけではない。かつての仲間である深紅の虎の登場で、動揺し、苦悩しているように見えたが、それすら、ここに至る為の布石に過ぎなかった。

山猫は、常に先を見ていたのだ――。

「何がおかしいの？」

さくらが、怪《け》訝《げん》な表情で訊ねてきた。

この状況で、ニヤニヤと笑っていたのだ。そういう反応になるのは当然だ。

「もしかしたら、脱出できるかもしれませんよ」

勝村は、小声で囁《ささや》くように言った。

「どういうこと？」

「しっ。声を低くして下さい」

勝村は、周囲を警戒しながら、さくらに告げる。

ここで深紅の虎たちに気付かれたのでは、作戦が全て台無しになる。慎重に進めなければならない。

「何を考えてるの？」

さくらが、低い声で訊ねてくる。

「ぼくの靴底を調べて下さい」

「靴底？」

「小型のナイフが仕込まれているはずです。それで拘束を解いて下さい」

「あんた、いつの間にそんなものを……」

さくらが目を丸くする。

「自分でやったわけじゃありません。山猫ですよ」

さくらは、それで全てを察したらしく、「あのときに……」と声を漏らした。

勝村が、山猫に撃たれたあのとき、すり替えられていたのは、腕時計だけではなかった。靴も替えられていた。

靴底を外すと、中から小型のナイフが出てくるという仕掛けが施されたものだ。仕掛けの施されたものを用意するのは、そう簡単ではない。おそらく、山猫は勝村を撃つよりずっと前から、こうなるように仕向けていたのだろう。

ひょっとしたら、ビルドに忍び込んだときには、もう全てが仕掛けられていたのかもしれない。

「とにかく、お願いします」

勝村は、さくらに告げる。

残念ながら、後ろ手に両手を拘束されている状態では、靴底に手が届かない。勝村は、さり気なく体勢を変えながら、靴底をさくらの方に向ける。

さくらは、小さく頷いたあとで、身体を動かしながら勝村の靴底に手をかける。

「取れた」

悪戦苦闘しつつも、さくらは勝村の靴底からナイフを取り出せたようだ。

——これで身動きが取れるようになる。

勝村は、モニターがずらりと並んだ、コンソールの前にいる深紅の虎に目を向けた。

モニターに映し出されているのは、この建物の入口前や、通路などに仕掛けられた防犯カメラの映像だ。

ああやって、山猫が侵入してくるのを待ち構えている。

腕時計のモールス信号によって伝えられた作戦によれば、山猫がセキュリティーを解除し、間もなくこの場所にやって来る。

それまでに、拘束バンドを切断し、協力者の指示に従って脱出するというものだ。

ああやって深紅の虎が、防犯カメラに張り付いていたのでは、山猫が侵入しようとした瞬間、その姿を捉《とら》えられることになってしまう。

だが、そこはあまり心配することではない。

今回の作戦に、真生も参加しているらしい。防犯カメラの映像は、Wi-Fiの電波を使って送られてきているものだが、すでにそれはハッキングされているだろう。リアルタイムの映像ではなく、数分前の録画映像を、繰り返し流しているに過ぎない。

山猫は、その隙を突いてくるはずだ。

「上手《うま》くいきそうですか？」

勝村は、さくらに声をかけた。

「待って。このナイフ、全然切れない……」

さくらの声に、焦りが滲《にじ》んでいた。

「急いで下さい」

口にすると同時に、突き刺さるような視線を感じた。

顔を上げると、深紅の虎の取り巻きの男の一人が、鋭い眼光を向けながら、スタスタとこちらに向かって歩いて来た。

猫背気味で、小柄な男だった。

「お前たち。何をしている」

男がホルスターから、グロック17を抜き、その銃口を勝村の額に向ける。

「トイレが我慢できなくて……」

勝村は咄嗟《とっさ》に口にした。

モゾモゾと動いていた理由としては、適切なものだ。

「我慢できないなら、そこでしろ」

「そ、そんな……」

嘆く勝村を無視して、猫背の男は背中を向けた。

さくらと顔を見合わせ、ほっと息を吐く。ここでバレたら、全てが水泡に帰すところだった。

すぐに拘束バンドを切断する作業を再開したのだが、焦り過ぎたようだ。

猫背の男は、何かを察したらしく、再びこちらを振り返る。目が合った。さくらは、慌てて動きを止めたが、誤魔化しきれなかった。

「何を隠している」

声を上げながら近寄って来た猫背の男は、さくらの手許《てもと》に目を向けた。

「何でもありません」

勝村は、身体を使ってさくらの持っているナイフを隠そうとしたが遅かった。猫背の男は、すぐにさくらからナイフを奪い取る。

「何の騒ぎだ？」

深紅の虎が、騒ぎに気付いて歩み寄って来た。

猫背の男が奪い取ったナイフを渡すと、それだけで大凡《おおよそ》察したらしく、小さく頷いた。

「あの男らしい小細工だな」

深紅の虎は、にたっと笑みを浮かべつつ、勝村の前に屈《かが》み込み、眼前でひらひらとナイフの切っ先を振った。

「あんたは、もう山猫の術中に嵌《は》まってる」

勝村は、目に力を込めて深紅の虎を見返した。

こうなったら、何とかして山猫が突入して来るまでの時間を稼ぐしかない。

「違うな。術中に嵌まっているのは、お前たちの方だ」

「ずいぶんと自信があるんだね」

「当然だ。奴とは、幼馴染《おさななじ》みだからな。考えることは、手に取るように分かる。例えば、腕時計に仕込んだバイブレーターを使って、モールス信号でやり取りする——とか」

「え？」

「言っておくが、おれもバカじゃない。分かっていて、敢《あ》えて泳がせておいたんだよ。

奴の作戦を知る為に――な」

「なっ！」

そこまで読んでいたとは――驚愕《きょうがく》はしたが、まだ万策尽きたわけではない。

深紅の虎は、防犯カメラの映像が、ハッキングされていることまでは気付いていないようだ。

だとすれば、まだ活路はある。

勝村の考えを読んだように、深紅の虎が防犯カメラの映像が映っているモニターに目を向けた。

「言っておくが、あの映像がハッキングされたものであることは、もう分かっている。油断しているように見せかける為に、敢えて見ているふりをしていたんだ」

「…………」

「リアルタイムの映像は、これだ――」

深紅の虎が、スーツの内ポケットからスマートフォンを取り出し、ディスプレイを勝村に見えるように提示した。

そこには――。

入口前の映像が映っていた。

生体認証の装置の前に屈み込んでいる人影が見える。お祭りで売っているような、安物のお面を被った男——おそらく山猫だ。

隣には、ベネチアンマスクを着けた、制服の少女もいた。あれは、黒崎みのりだろう。

　山猫と一緒に、突入するつもりらしい。

「なぜ、私が奴を誘き寄せるのに、この場所を選んだか分かるか？」

「場所？」

「この地下室の出入り口は一ヵ所しかない。建物に入ると、狭い通路になっている。これが、どういうことか説明するまでもなく、分かるだろ」

　勝村は、ぐっと奥歯を噛《か》み締めた。

　よくよく考えてみれば分かることだった。一ヵ所しか出入り口がないのであれば、警戒する範囲は、ごく限られてくる。

　しかも、入口を入ってすぐ狭い通路が待ち構えているのだとしたら、かなり厄介だ。挟み撃ちにされたりしたら、もはや逃げ道は存在しない。

　前回の倉庫での反省を活《い》かし、周到に罠《わな》を仕掛けておいたというわけだ。

「逃げろ！」

　勝村は叫んだ。

　だが、その声は届くはずもなかった。

映像の中の山猫とみのりは、生体認証の解除に成功し、ドアを開けて建物の中に入っていく。

それと同時に、通路に武装した男たちが躍り出た。

さすがに慌てて振り返った山猫だったが、背後から別の武装した男たちが現れ、逃げ道を塞いでしまった。

十人を超える、アサルトライフルで武装した男たちを前にしては、山猫といえども、為《な》す術《すべ》はない。

「間もなく、君もあの男に再会できるぞ」

深紅の虎は、高笑いを上げながら立ち上がり、歩き去って行った。

7

——何てこと。

さくらは、呆然《ぼうぜん》とするより他なかった。

ついさっきまで、脱出の可能性があると希望を持っていたが、それは無残に打ち砕かれてしまった。

深紅の虎は、ただ凶暴なだけではなく、相手を欺く頭脳を持っているらしい。

このまま、自分たちは山猫とともに死ぬのか？　頭に浮かんだ考えを、さくらはすぐに打ち消した。

まだだ。こんなところで諦めるわけにはいかない。

「何か手はないの？」

さくらは、勝村に声をかけてみた。

「駄目です。こっちの作戦が、全部読まれていたんです」

勝村が力なく首を振った。

頼みの綱である山猫が罠に嵌まってしまったのだ。そうなるのは致し方ない。本当に、もう駄目なのか？

悔しさで、ぎりっと奥歯を噛んださくらの頭に、一人の男の顔が浮かんだ。

「犬井さん……」

その名を口にすると、勝村が「え？」と声を上げた。

「犬井さんは、山猫と深紅の虎を追っていた。もし、犬井さんがここに辿り着いていれば、状況を変える突破口になるかも――」

他力本願ではあるが、現状では唯一生き残る可能性だ。

「そうですね。あの人なら、何とかしてくれそうな気がします」

勝村の声にも力が戻ってくる。

だが、それに水をさされた。さっきナイフを奪った猫背の男が、まだ近くにいたのだ。

「犬井という刑事に期待しているなら、諦めた方がいい」

「どういうこと？」

「あの男には、すでに刺客が放たれている。今頃、下水道で撃ち殺されているだろうよ」

話が具体的過ぎる。それ故に、真実味がある。

「犬井さんは、そう簡単には殺《や》られない」

「だったら、期待し続ければいい。お前たちの運命など、もう決まり切っているんだ」

嫌な言い方をする男だ。

「まだ分からない」

単なる強がりだと自分でも思う。だが、それでも——。

「この状況で、どうするつもりだ？　え？　何かできると思ってるのか？」

猫背の男は、さくらの髪を摑んでぐっと引き上げた。

ブチブチッと髪が何本も抜ける音がした。痛みで、立ち上がる恰好《かっこう》になった。

「止めろ！」

勝村が立ち上がり、必死に止めに入ろうとするが、両手を縛られているせいで、すぐにバランスを崩して転倒してしまった。

　さくらは、痛みを堪《こら》えながら、猫背の男をじっと睨んだ。

表情に乏しく、何だか薄気味の悪い顔をしている。だが、妙な既視感もあった。

「いい目だ。刑事にしておくのはもったいない。おれの情婦《おんな》になるなら、虎にあんただけ助けるように掛け合ってやってもいいぜ」

　猫背の男が、値踏みするような視線を向けたあと、舌舐めずりした。

「あんたに抱かれるくらいなら、死んだ方がマシよ」

　さくらは、吐き捨てるように言いながら、猫背の男に向かって唾《つば》を吐きかけた。

「この女！」

　猫背の男は、髪から手を離し、さくらの頬を引っぱたく。

熱を持った痛みが広がったが、さくらは怯《ひる》まなかった。そのまま男に体当たりを喰《く》らわせた。

　もつれ合うようにして床に倒れる。

　さくらは、そのまま猫背の男の肩に噛みついた。

　慌てて、周囲にいた男たちが三人駆け寄り、さくらと猫背の男を引き離しにかかる。

　さくらは必死に抵抗したが、三人がかりでは手も足も出ず、勝村の隣に戻されてしまった。

「大人しくしてろ。今すぐ殺してもいいんだぞ」

手下の一人が、さくらに拳銃を突きつけ、念押しするように言う。

「すみません。もう、大人しくしますから」

勝村が必死に懇願したことで、何とかその場は収まった。

さっきの猫背の男は、仲間に連れられて別の場所に歩いて行く。代わりに別の男二人が監視につくかたちになった。

「無茶しないで下さいよ」

場が落ち着いたところで、勝村がため息交じりに言った。

「私は、まだ死にたくないから、最後まで悪あがきをする」

さくらが言うと、勝村は困ったように眉《まゆ》を下げた。

「そりゃそうかもしれませんけど、今のは、結構、危険な賭《か》けだったと思いますよ」

勝村が、チラリと後ろに回されたさくらの手許に目を向けた。

猫背の男は、怒り心頭で何も分かっていないようだが、勝村はしっかりとさくらの意図を察していたようだ。

普段、のんびりしているように見えて、この状況の中で、これだけの洞察力を発揮できるのだから、相当なものだ。

益々《ますます》、さくらの中にあった勝村のイメージが壊れていく。

「いいじゃない。結果オーライなんだから」
「そうですね」
勝村が頷いたところで、地下室のドアが開いた。
ぞろぞろと武装した男たちが、部屋の中に入って来る。
その中に、お面を被った山猫と、制服を着た女子高生——黒崎みのりの姿があった。
二人とも、手錠をかけられている。
全員の視線が、みな同じところに向けられる。
深紅の虎が、いかにも嬉《うれ》しそうな笑みを浮かべながら歩み出る。
それに応《こた》えるように、山猫がずいっと歩み出た。
二人の視線がぶつかり、じりじりと熱を発しているようだった。
——行動を起こすとしたら、今しかない。
さくらは、覚悟を決めた。

8

「山猫——」

勝村が声に出して言うと、お面を着けたままの山猫が、小さく顎を引いて頷いた。

それが何を意味するのかは、深く考えるまでもなく分かった。

「やはり仲間を助ける為に、ノコノコとやって来たか」

「そんなんじゃねぇよ。わざわざ人質なんか取らなくたって、来てやったものを。お前とは、決着を付けなきゃならねぇからな」

陽気な響きを持つはずの山猫の声が、まるで別人のように淀《よど》んでいた。

怒りや憎しみという、個人の感情に支配されていることが、勝村にもありありと分かった。

「倉庫で殺したはずなのに、どうして生きている？」

深紅の虎が、山猫にずいっと詰め寄った。

「別に、驚くことじゃねぇだろ。簡単な話だ。お前の撃った弾は、当たっていなかった。おれは、撃たれたふりをして、お前を欺いたってわけだ」

「なるほど。だったら、次は確実に命中させることにしよう。この距離なら、外すことはない」

深紅の虎は、懐から抜いたグロック17の銃口を、山猫の眉間《みけん》に突きつけた。

その姿を見て、山猫はくっ、くっ、くっ、と押し殺した声で笑い始めた。あまりに状況に不釣り合いだ。

「ずいぶんと余裕だな」

「ああ。お前に、おれを撃ち殺すことはできない」

「どうして、そう断言できる？」

「こんな一方的なやり方で、お前のおれに対する憎しみは消えるのか？　人質も部下も関係ない。二人だけで決着を付けようじゃねぇか」

お面を被っていても、山猫の表情が氷のように冷たくなっているのが分かった。

――そうか。

山猫は、ああやって深紅の虎を挑発し、自分に有利な状況に持ち込もうとしているのだろう。

自分が助かる為ではない。勝村たちを解放する為だ。

やっぱり、山猫は深紅の虎と心中する気だ。

「笑わせるな。おれが、そんな挑発に乗るとでも？　お前との決着は、とっくに付いている。今さら、やり合ったところで意味はない」

「逃げるのか？」

「逃げる？　お前は、いつからそんなに下らない冗談を言うようになった？　お前は策略を巡らせることにかけては、おれより一枚も二枚も上手だった。それは認めよう。だが、身体を使う方は別だ。銃撃においても、格闘においても、お前は一度だっておれに勝ったことはない」

「そうだったかな？」

「何を今さら。悪いが、お前にはそっちの才能はないんだよ」

深紅の虎が、勝ち誇った笑みを浮かべる。

「まあ、確かにそうだったな。特に、ナイフの扱いと、拳銃の狙撃《そげき》に関しては、お前は一流だったことを認めよう」

「それが分かったら、さっさと死ね——」

深紅の虎がトリガーに指をかける。

わずか数センチの至近距離だ。いくら山猫といえど、あのままトリガーを引き絞られたら命はない。

「しかし、妙だとは思わねぇか？」

山猫がふっと視線を上げながら言う。

「妙？」

「倉庫でのことだよ。さっき、弾が外れたと言ったが、お前はあの距離で外す程度の腕だったかな——と思ってな」

「どういうことだ？」

深紅の虎の表情が強張《こわば》った。

山猫が口にしたのと同じ疑問を感じてしまったのだろう。

「お前ほどの腕があれば、外さないのに、弾は外れた――どういうことだと思う？」

「何が言いたい？」

「分からないようだから、答えを教えてやろう。あのとき、お前が使った銃のアイアンサイトは、少しだけズレていたんだ」

「何！」

「ほんの五ミリ程度だが、それで充分だ。弾はおれの身体に当たらない」

「お前、何を言っている？」

「フー。お前は、銃の腕は確かだが、アイアンサイトに頼り過ぎる傾向がある。だからこそ、昔は自分の銃の手入れは、自分で行い、万全を期していた。ところが、出世して、そうした雑多なことを他人に任せるようになった。だから、あのとき、まんまと騙《だま》されたんだよ」

「そうかもしれないな。だが、今となってはどうでもいい。この距離なら、絶対に外さない」

深紅の虎の言う通りだ。

たとえ、アイアンサイトがズレていたとしても、わずか数センチの至近距離なら外しようがない。

「何も分かってねぇな」

山猫が、呆れたようにため息を吐く。

「分かってるさ。お前が死ぬってことがな」

「だから、分かってねぇんだよ。お前の空っぽの頭でよく考えてみろ。おれは、事前にお前の銃に細工を施した――と言ってんだ。これが、どういう意味か分かるか？」

「まさか……」

「そう。そのまさかだ。手下の中に、おれのスパイがいるってことだ」

山猫が言い終わると同時に、手下の中の一人が、すっと歩み出て、深紅の虎の脇に立つと、グロック17の銃口を側頭部に向けた。

それは、さっきやたらと絡んできた猫背の男だった。

「てめぇ……」

深紅の虎が、苦々しく声を上げる。

「君は、手下を駒くらいにしか思っていない。だから、私が紛れ込んでいても、気付かなかったんだよ」

猫背の男は、そう言うと鬘《かつら》を外し、口に蓄えた髭《ひげ》をベリベリと剝《は》がした。

その顔に勝村は見覚えがあった。

あれは――猿だ。

かつて、伝説とまで謳《うた》われた窃盗団、三猿の首領の言わ猿だ。

隣にいるさくらも、驚愕の表情を浮かべている。

驚きはあったが、今になってみれば、納得する部分がある。さっき、さくらとやり合ったのも、おそらくは演技だろう。

ああやって、気付かれないように、敢えてさくらに拘束バンドを切断する為のナイフを盗ませたのだ。

深紅の虎の手下のふりをして、ずっとタイミングを見計らっていたのだろう。

「虎のクセに、群れを組むから足を掬《すく》われるんだ。お前は、やっぱり人の上に立つ器じゃねぇ」

山猫が、おどけたように両手を広げてみせた。

——あれ？

さっきまで、手錠をかけられていたはずなのに、いつの間にか外れている。山猫のことだ。これまでの会話は、手錠を外す為の時間稼ぎでもあったのだろう。

気付けば、山猫だけでなく、みのりの手錠も外れている。

「勝村」

さくらに声をかけられた。

見ると、さくらは拘束バンドを切断して、両手が自由になっていた。すぐに、勝村の拘束バンドもナイフで切断する。

「形勢逆転だな」

　山猫が、声高々に笑いながら言う。

「この程度で、形勢が逆転したと、本気で言っているのか？」

　深紅の虎がニヤリと笑った。

　強がりなんかではない。あれは、まだ何かを隠し持っている顔だ。

「てめぇ」

　山猫が、何かに気付いたらしく呻《うめ》くように言った。

「やれ」

　深紅の虎が、短く合図するなり銃声が響いた。

　言わ猿が、「ぐっ」と呻き声を上げながら、腹を押さえてその場に倒れ込む。

　手下の一人が、言わ猿に向けて発砲したのだ。

「おれたちが生きているのは、容赦のない世界だ。少しでも躊躇《ためら》えば、死が待っている。それなのに、お前や、そこの猿は、愚かにも他人の命を尊ぶ。その甘さが、命取りなんだよ」

　深紅の虎が吐き捨てる。

　さすが幼馴染みだけあって、山猫のことをよく分かっている。相手が誰であれ、無闇に他人の命を奪ったりしないことを分かっているからこそ、部下に言わ猿を撃つように命じたのだ。

「お前は、本物のクズだな」

山猫の声は、怒りに満ちていた。

「何とでも言え。結果が全てなんだ。やり方にこだわってるようじゃ、所詮は二流なんだよ」

「…………」

「今度こそ死ね――」

深紅の虎が、改めて山猫にグロックの銃口を向けた。

――このままではマズい。

勝村が、さくらに視線を送ると、承知したという風に、大きく頷いた。

この状況を打破する為には、勝村とさくらで突進するしかない。無謀だが、このまま放っておいたら、山猫が撃ち殺されるだけだ。

今、まさに駆け出そうとした瞬間、山猫がそれを押し留めるように、笑い声を上げた。

「何がおかしい」

深紅の虎が、怪訝な表情を浮かべる。

「おれの甘さを理解しているように、おれもお前の卑劣さは、重々承知している」

「承知していたところで、何もできなければ意味がない」

「できるとしたら?」

「強がりを」

「残念。強がりじゃないんだな」

山猫が、パチンと指を鳴らした。

その途端、部屋の中の電気が一斉に消え、闇に包まれた。

——何だ?

困惑しているうちに、どんっと地面を揺さぶるような震動がした。次いで、強烈な熱風に煽《あお》られ、勝村の身体は吹き飛ばされた。

9

合図を受けた犬井が、起爆装置のスイッチを押すと、下水道の壁に設置しておいた爆薬が爆発した。

耳をつんざくような轟音《ごうおん》がして、地面を揺らす。

犬井は、コンクリートの柱の陰に隠れて、爆風をやり過ごす。

それでも、爆発によって膨れ上がった火球は想像以上で、このまま下水道が崩落してしまうのではないかと思ったほどだ。

「山猫の野郎……」

犬井は、吐き捨てるように口にした。

爆発の破壊力からして、どこで手に入れたかは知らないが、山猫が使用したのは軍用のプラスチック爆弾のC-4だろう。

これが終わったら、入手経路などについて、徹底的に追及する必要がありそうだ。

張本に変装していた人物の正体は、山猫だった。

警察官である犬井の前に、堂々と姿を現し、正体を明かしただけでも異常ともいえる行動だが、山猫は、こともあろうに、深紅の虎を捕らえる為に、犬井に共闘を申し出てきた。

深紅の虎が、厄介な相手であることは間違いない。だが、だからといって、窃盗犯と警察が協力するなど、もっての外だ。

つまらん申し出だと断り、山猫をその場で逮捕することもできたが、結局、犬井は山猫と共闘することになった。

自分でもバカげた選択をしたと思う。

山猫も、深紅の虎も等しく悪党だ。罪の大小など関係ない。目の前にいたのであれば、捕まえる。それが、猟犬である犬井の本能だ。

にもかかわらず、山猫の提案に乗るとは——。

提案を受けたとき、言わ猿から聞いた、山猫と深紅の虎との因縁を思い出したのも事実だ。

同情したわけでも、感傷に浸ったわけでもない。

奴らの過去に何があろうと、犬井には一切関係のないことだ。

「まあいい。全て終わったら、奴も捕まえてやる」

犬井は、ポツリと呟《つぶや》くと、山猫から事前に渡されていた暗視ゴーグルを装着した。

可視光線と近赤外線により、暗闇の中でも視界を確保できる代物だ。元々は軍用に開発されたもので、入手が困難だったが、今は防犯カメラなどにも使用されていて、簡単に入手することができる。

目の前にグリーンの視界が広がる。

犬井は、腰のホルスターに挿した特殊警棒を抜くと、素速く駆け出した。

さっきの爆発で、下水道の側面の壁に、人が入れるほどの穴ができている。この向こうには、深紅の虎とその一味がいるはずだ。

中に入ると、すぐアサルトライフルを持った男の姿が目に入った。

拳銃ならまだしも、まさか日本でアサルトライフルにお目にかかるとは思わなかった。青門会の後ろ盾があってのことだろう。

本来なら、特殊警棒で立ち向かえるはずもないのだが、相手は突然の爆発に混乱している上に、暗闇の中で視界を奪われている。

どんな武器を持っていようが、見えなければ何の意味もない。

犬井は、目の前にいる男の手首めがけて、特殊警棒を振り下ろす。バキッと骨が砕ける音がして、男の手からアサルトライフルが滑り落ちる。

続け様に、鼻柱にパンチをお見舞いすると、そのまま倒れて動かなくなった。

部屋を見回すと、犬井の他にも動いている影が幾つかあった。山猫とその仲間たちだろう。

犬井は、別の男の腹を蹴り上げ、側頭部を特殊警棒で薙《な》ぎ払う。

「次！」

素速く、次の男に向かおうとすると、アサルトライフルの銃口が向けられた。

咄嗟に身を屈める。

アサルトライフルが火を噴いた。

犬井の姿が見えていたわけではなく、パニックに陥り、狙いも定めずにトリガーを引いただけだろう。

暗闇で、周りが見えていないのに、銃をぶっ放すとは、愚の骨頂だ。

だが、それも当然のことだ。こいつらは、訓練を受けた軍隊ではない。ただ、武器を持たされただけのチンピラに過ぎない。

とはいえ、正面に立つのは危険だ。

犬井は横に回り込みながら、男の膝裏を蹴り上げて転倒させると、顔面を踏みつけた。

さらに、犬井は横にいた男の鼻っ面に特殊警棒を叩き込む。

振り返り様に、別の男を仕留めようとしたが、向こうはわずかながらこちらが見えているらしく、犬井に向かってパンチを放って来た。

どうやら目が慣れてきているらしい。急いだ方が良さそうだ。犬井は、向かって来る男たちを、容赦なく薙ぎ払っていった。

10

爆風で吹き飛ばされた勝村は、床を何度か転がり、壁にぶつかって止まった。

しばらく、意識が朦朧《もうろう》として動けなかったが、それでも暗闇の中で激しい格闘が行われていることは分かった。

おそらく、山猫はこうなることを想定して、伏兵を潜ませていたのだろう。

そして爆発の混乱と、暗闇を利用して、二十人近くいる深紅の虎の手下たちを、一斉に片付けようとしているらしい。

いい作戦だと思うが、それでも相手の人数が多すぎる。

山猫とみのりの二人で、二十人近い男たちを相手にするのは無理がある。伏兵は、おそらく里佳子だろうが、それでも三人だ。

あまり役に立たないかもしれないが、加勢しなければ――。

勝村が、どうにか立ち上がると同時に、ぱっと電気が点いた。急激な明るさの変化に、一瞬、目の前が真っ白になる。

光の眩《まぶ》しさに目を細めながら、部屋の中を見回した勝村は、そこに広がる光景にぎょっとした。

深紅の虎の手下たちが、残らず床に倒れ、あるいは這いつくばっていた。

勝村などが加勢するまでもなく、全ての手下を打ち倒してしまっていたようだ。さすがというか何というか――。

改めて目を向けると、山猫とみのりは健在だった。全くの無傷だ。

二人の他に、犬井の姿もあった。

てっきり里佳子が伏兵だと思っていたが、どうやら犬井を利用したらしい。

「犬井さん……」

隣で声がした。

目を向けると、さくらの姿があった。顔に煤《すす》が張り付いて黒くなっているものの、目立った外傷はない。

無事だったことにほっとする。

「死んだはずじゃ……」

さくらは、困惑の声を上げたが、勝村はそれほどでもなかった。

犬井は刺客を放たれて死んだと告げられていたが、それを口にしたのは、猫背の男――言わ猿だった。

つまり嘘だったのだ。

犬井が死んでいることを、勝村たちに告げ、その名を口にさせないことで、伏兵である犬井の存在を敵から隠したのだ。

よく見ると、その言わ猿の姿もあった。

彼は、深紅の虎の手下に撃たれたはずだ。ただ、驚きはそれほど長くは続かなかった。言わ猿は防弾ベストを着用していたのだろう。

完全に、深紅の虎の動きを読んでいたということだ。

そして――。

部屋の中央には、深紅の虎の姿があった。

これまで、冷徹で機械的な印象だったが、さすがにこの状況には動揺しているらしく、呆然としていた。

「手下は、一人もいなくなっちまったな」

山猫がずいっと深紅の虎に詰め寄る。

「てめぇ……」

「ここにいる全員で、袋叩きにしてもいいんだが、それだと面白くない。そうは思わないか？」

「何？」

「決着を付けようじゃねぇか。おれとお前の二人だけで」

山猫は、そう言うとお面を外した。

深紅の虎が怪訝な顔をする。

「お前は、そんな顔だったか？」

「前の顔は捨てた。おれ自身、自分の元の顔が、どんなだったかは思い出せねぇよ。ただ、顔を変えても、名前を変えても、ここだけは変わらねぇ」

山猫が、トントンと自分の胸を親指で叩いた。

その姿を見て、深紅の虎がにたっと陰湿な笑みを浮かべる。

「お前のそういうところが、おれは嫌いだったんだよ」

深紅の虎は、腰のホルスターに挿したアーミーナイフを抜き放ちながら、山猫に斬りかかった。

山猫は、軽くバックステップしながらそれをかわす。

わずかに反応が遅れたのか、首筋に赤い線が引かれ、そこから血が滴っていた。

「相変わらず、容赦ねぇな。危なく、頸《けい》動脈が切断されるところだった」

山猫は、ニヤリと笑みを浮かべる。

「止めろ！」

勝村は、思わず声を上げた。

二人の間に因縁があることは分かる。だが、だからといって、こんな決闘みたいなことをしたって、何の意味もない。

「そうよ！　これ以上の抵抗は無意味よ！」

さくらが賛同して声を上げる。

「ぴーぴー五月蠅《うるさ》い奴らだ。まあいい。邪魔されるのも面倒だ。最後の切り札だったが、使わせてもらう」

深紅の虎が、ポケットから何かを取り出した。

わざわざ確認するまでもなく、それが何なのかは分かった。爆弾の起爆装置だ。

「制限時間は十分だ——」

そう言いながら、深紅の虎は起爆装置のスイッチを押し、床に落とすと、踏みつけて破壊してしまった。

「な、何てことを……」

勝村は、愕然として声を上げた。

そうまでして、山猫と決着を付けようというのか？　もはや、狂っているとしか言い様がない。

「山猫。こんな奴に付き合う必要はない。さっさと逃げよう」

勝村は、山猫に駆け寄ったが、どんっと突き飛ばされてしまった。

「悪いな。これは、避けては通れない道だ」

「何言ってるんだよ。このままじゃ、死ぬかもしれないんだぞ」

「そんなことは分かってる。だが、ここで逃げたら、おれのここが死んじまう」

山猫が、自らの胸に手を当てる。

──何を言っているんだ？

「そんなのどうだっていい」

「良くねぇんだよ。それより、爆発に巻き込まれねぇように、こいつら全員、外に連れ出せ。時間がないぞ」

山猫が倒れている深紅の虎の手下たちに目を向けた。

「え？」

「おれは窃盗犯だ。盗むのはあくまで金。命じゃねぇ」

強い光を持った山猫の目を見て、勝村は言葉が出なくなってしまった。

——やはり死ぬ気なのかもしれない。

「一人では無理だ。君たちも、手伝ってくれ」

言わ猿が気絶している手下の男を一人、肩に担ぎながら声をかけてきた。

それに真っ先に反応したのは、さくらだった。警察官として、人命救助を優先させるという選択をしたようだ。

犬井も、みのりも、手下の男たちを部屋から連れ出す作業を開始した。

ただ、やはり勝村は動けなかった。

じっと睨み合いながら、お互いの隙を窺《うかが》っている山猫と深紅の虎から、目が離せないでいた。

やはり、こんな果たし合いは止めさせるべきだ。

「勝村！　早くしないと間に合わなくなる！」

さくらの叫び声で、はっと我に返る。

「勝村。早くしろ」

山猫も呼応するように声を上げる。

そうかもしれない。気絶している手下は、二十人近くいる。壁に開いた穴から、外に連れ出すだけでも、相当な時間を要する。

残り十分という短さでは、全員救えるかギリギリのところだ。

「死なないでくれよ。言いたいことが、山ほどあるんだから」

勝村が言うと、山猫は「分かってる」と笑みを浮かべてみせた。

その言葉が、本気かどうか気にはなったが、今は迷っているときではないと、気持ちを切り替えて、近くにいる男に向かって駆け出した。

チラリと振り返ると、深紅の虎が、ナイフを素速く振るいながら、山猫に襲いかかっていた。

山猫は、軽快ともいえるステップで、その攻撃をかわしていく。

――大丈夫だ。山猫が、そう簡単に殺られるはずない。

勝村は、自分に言い聞かせると、倒れている男の脇を抱え、引き摺るようにして部屋の外に移動していく。

下水道に出て、柱の陰まで運ぶと、再びさっきの部屋に舞い戻る。

山猫と深紅の虎の格闘は、まだ続いている。

深紅の虎が、山猫の腹をめがけてナイフを突き立てる。

勝村の位置からは、一瞬、腹にナイフが突き刺さったように見えた。

「山猫！」

思わず叫んだが、心配には及ばなかった。

山猫は、深紅の虎の腕を脇に挟むようにして、ナイフで突き刺されるのを防いでいた。そのまま、腕を捻《ひね》り上げるようにして投げ飛ばす。

深紅の虎の手から、ナイフが滑り落ちた。

一度は、倒れた深紅の虎だったが、素速く立ち上がり、山猫と対峙《たいじ》する。これで、素手と素手。安心とまではいかないが、状況は格段によくなった。

「何をモタモタしている」

山猫が、勝村を一瞥《いちべつ》した。

そうだった。うっかり、また手が止まって二人の対決を注視してしまった。時間は、ほとんど残されていないのだ。急がなければ。

勝村は、次の男を同じように抱え、外に連れ出して行く。

三度戻ったときには、山猫と深紅の虎は、素手で激しい攻防を繰り広げていた。ここでまた立ち止まっていては、本当に間に合わなくなる。

勝村は、気持ちを切り替え、同じ要領で男を抱えて部屋を出る。

「これで全員だ」

勝村が、男を運び終えたところで、言わ猿が口にした。何とか全員を部屋から運び出すことができたらしい。あとは、山猫を連れて脱出するだけだ。

勝村は、急いで部屋に舞い戻った。

「山猫！」

勝村が叫んだときには、もう闘いは終わっていた。

深紅の虎が、仰向《あおむ》けに倒れていて、山猫がそれを見下ろしていた。

「勝ったのか？」

「ああ。一応な」

山猫が、そう言いながら勝村の方を見た。

その目には、何とも言えない悲しみの色が滲んでいるようだった。

「そうか……」

「こいつを、外に運んでくれ。おれは、もう限界だ」

山猫が笑みを浮かべた。

改めて見ると、山猫の顔にはあちこち痣《あざ》ができていて、息も上がっている。疲労困《こん》憊《ぱい》といったところなのだろう。

正直、深紅の虎を助けることには抵抗がある。

勝村は、散々酷《ひど》い目に遭わされた。それに、これまでたくさんの人間を殺してきた男だ。

——盗むのはあくまで金。命じゃねぇ。

山猫の言葉が脳裏を過《よ》ぎった。

あれは、いかにも山猫らしい言葉だった。どうしようもない悪党だからこそ、深紅の虎には法の裁きを受けさせるべきなのかもしれない。

「分かった」

勝村は、すぐに駆け出し、深紅の虎の脇を抱え、ずるずると引き摺りながら移動していく。

振り返ると、山猫も足を引き摺るようにしながら、あとをついて来た。

ちょうど部屋を出たタイミングで異変を感じた。

気を失っていたはずの深紅の虎が、薄《うっす》らとではあるが目を開けていたのだ。

——マズい。

そう思ったときには、全てが手遅れだった。

深紅の虎は、にやっと笑ったかと思うと、勝村の腕を振り払い、近くに落ちていたグロックを手に取り、山猫に向けて発砲した。

銃声が、ずいぶんと遠くに聞こえた。

仰《の》け反るようにして倒れる山猫が、まるでストップモーションのように見えた。

「山猫！」

勝村の叫びに、倒れた山猫はピクリとも反応しなかった。

すぐに犬井が駆け寄って来て、深紅の虎の顔面に蹴りを叩き込み、拳銃を奪い取ると、髪を掴んで引き摺り倒した。

「山猫！　しっかりしろ！」

駆け出そうとした勝村だったが、誰かに羽交い締めにされた。さくらだった。

「止めなさい！　もう爆発するのよ！」

「離して下さい！　山猫が！」

必死に振り払おうとしたが、言わ猿とみのりも加わり、強引に組み伏せられた。

「山猫！」

勝村が、再び叫ぶのと同時に、部屋の中で爆発音がした。

最初の爆発に比べると、規模は小さかったが、それでも二回目ということもあってか、下水道の一部が崩落した。

何とか顔を上げたものの、崩れ落ちる瓦礫《がれき》によって、山猫の姿を見ることはできなかった――。

「山猫！　山猫！　山猫！」

勝村は、さくらたちの手を振り解《ほど》き、瓦礫に駆け寄り、必死に叫んでみたが、返事はなかった。

遠くで、あの調子外れの歌が聞こえた気がしたが、それは勝村の願望が生み出した幻聴に過ぎない。

それを自覚すると同時に、止めどなく涙が溢《あふ》れてきた。

山猫は、悪党だったかもしれない。山猫自身は否定するかもしれない。だが、それでも、勝村にとっては、かけがえのない友人だった。

ちゃんと伝えたかった。

山猫に会えて良かった——と。

Epilogue

エピローグ

1

「本気なのか？」

関本に問われ、さくらは大きく頷《うなず》いた。

本庁の屋上だ。抜けるような青空が、やけに眩《まぶ》しく感じられた。

「一応、理由を訊《き》いてもいいか？」

関本の声からは、引き留めようという意思は感じられなかった。一度決めたら、梃《て》子《こ》でも動かないさくらの頑固さを、知っているからだろう。

「理由ですか……」

「勝村のことか？」

「確かに、それはかなりのウェイトを占めています」

勝村は、今回の一件で、事情聴取を受けることになった。その際、山猫と友人関係にあったことなどを含め、全てを正直に話した。

窃盗幇助《ほうじょ》というのが、勝村の罪状だった。

裁判はこれからになるが、おそらく情状酌量で執行猶予付きの判決が下ることになるだろう。

「恋ってやつか？」

「そんなんじゃありません」

さくらは、すぐさま否定した。

執行猶予付きの判決が出るにしても、勝村は犯罪者だ。そんな人間と、警察官が友人であり続けることはできない。

だが、そうした問題だけではない。

「じゃあ何だ？」

「自信がなくなったんです。私は、ずっと勝村と一緒にいながら、山猫との関係を見抜けなかったんです」

「おれが、同じ立場でも、やはり見抜けなかったと思う」

「そんなことありません。私は、何も見ていなかったんです。勝村のことを、こういう人間だと決めつけていました。自分の偏った価値観の中でしか、勝村を見てこなかった。だから、見抜けなかったんです」

「真面目過ぎるようだな。誰だって、見誤ることはある」

関本の慰めの言葉が、心に重くのしかかった。

「そうかもしれません。でも、これでいいんです。勝村のことだけじゃなくて、色々と分からなくなった部分もあります」

「分からない？」

「ええ。何が正義で、何が悪なのか？」

「山猫の影響か？」

「かもしれません」

悪党から金を盗み、ついでにその悪事を暴く。神出鬼没の窃盗犯——山猫。

彼の存在は、法律の観点からすれば、決して許されるものではない。ただ、その行動によって、救われた人間がたくさんいたのもまた事実だ。

今回の事件に、自ら望んで協力した黒崎みのりや、真生がいい例だ。

結果的に、みのりや真生は、罪に問われることはなかったが、それはあくまで結果に過ぎない。

二人は、自分たちが罪に問われることを覚悟で山猫に協力した。

それほどまでに、山猫に恩義を感じていただけでなく、その行動原理に賛同していたのだ。

もちろん、二人だけではない。勝村もまた、そうだったのだろう。

現に山猫の動きがなければ、深紅の虎とその一味を捕らえることはできなかった。

彼らを野放しにしていたら、多くの死者が出ていたことは間違いない。

今回の事件で、さくらは法律を遵守することの息苦しさと不自由さを痛感してしまったのだ。

「山猫は、もういない――」

関本がポツリと言った。

それを聞き、どういうわけか、心にぽっかりと穴が空いたような空虚な感覚を味わった。

あのあと、駆けつけた消防隊が地下室で男の遺体を発見した。

爆風と、そのあと地下室で起こった火災により、遺体はかなり激しい損傷を受けていたが、幸いにして右手の指紋を採取することができた。

日本のデータベースと照合してみたが、該当がなかった。ただ、中国当局に問い合わせを行った結果、マオと呼ばれていた元青門会の幹部の指紋と一致した。

後から犬井に聞かされたことだが、マオと、深紅の虎は、同じ児童養護施設で育った幼馴染《おさななじ》みだったらしい。

親友であり、好敵手だった二人は、次第に価値観の違いから対立していき、マオが邪魔になった深紅の虎は、彼を殺害した。

だが、マオは生きていた。

彼の協力者――おそらくは言わ猿などの手を借り、身分を変え、日本に渡り、山猫になった。

日本で暗躍する山猫が、マオであるという情報を掴《つか》んだ深紅の虎は、彼を葬る為に、やって来たということのようだ。

あのときの光景が脳裏を過《よ》ぎる。

山猫は、最後に深紅の虎と一対一の決闘という手段に出た。だが、深紅の虎を殺すこともできたはずなのに、そうしなかった。

犬井の話では、深紅の虎に、最愛の女性を殺されているというのに、そうした恨みを全て捨て、自らの信念に従った。

肉体は消え去ったかもしれないが、彼が貫いた信念は、多くの人の心に残ったような気がする。

窃盗犯相手に、こんな感慨を抱くようでは、やはり警察官失格だ。

「せっかく、本庁に引っ張って頂いたのに、期待を裏切るような結果になってしまって、本当に申し訳ありませんでした」

さくらは、腰を折って頭を下げた。

「いや。期待以上だった」

関本の思わぬ言葉に、さくらははっと顔を上げる。

「…………」

「お前の奮闘は、期待以上のものだった。これからは、警察という組織に縛られず、自分なりに弱者を助けていくつもりなんだろ。お前の親父さんも、鼻が高いはずだ」

関本は、本当に嬉《うれ》しそうに表情を緩めた。

「お世話になりました」

さくらは、再び頭を下げる。

「勝村に、よろしく伝えておいてくれ」

関本はそう言い残すと、ゆっくりとその場を歩き去って行った。

気配が消えたあとも、さくらはその場から動くことができなかった。ただ、溢《あふ》れそうになる涙を、必死に堪《こら》えた。

2

未《いま》だ瓦礫《がれき》の残る地下室を見て、犬井は長いため息を吐いた——。

深紅の虎と、その一味の逮捕により、青門会に対する捜査が本格的に始まった。ファイヤーウェイとの癒着も取り沙汰《ざた》され、上を下への大騒ぎだ。

その流れは、日本だけに留《とど》まらなかった。ファイヤーウェイは世界進出していたのだから当然だ。

各国で同様の癒着が疑われ、徹底した捜査が行われている。

不買運動なども広がっていて、ファイヤーウェイは、もはや風前の灯火《ともしび》だ。青門会も、大きな後ろ盾を失ったことで、壊滅的な打撃を受けることになるだろう。

それだけではない。日本政府が秘密裏に推進していた、通信傍受の一件も表沙汰になり、大変な騒ぎになっている。

「こんなところで、何をやっているんです？」

犬井が煙草に火を点《つ》けたところで、声をかけられた。

振り返ると、そこに立っていたのは張本だった。犬井に情報を横流ししていた人物。今は山猫の変装ではなく本人だろう。

「お前に話すことは何もない」

犬井はぴしゃりと言う。

「そうですか。私の方は、色々とあります」

「何だ？」

「礼を言おうと思いましてね。あなたのお陰で、厄介な連中を日本から追い出すことができました」

言葉遣いは丁寧だが、とても感謝しているとは思えなかった。

「心にもないことを」

「そうでもありません。親父も喜んでいましたよ」

犬井は、舌打ちを返した。

この男――張本が日本最大規模の暴力団の組員だと知ったのは、事件が終わってからだった。

張本は、所属する組の組長の命を受け、青門会に潜り込み、情報を横流ししていた、謂《い》わばスパイだったのだ。

今回の事件において、わざわざ犬井に情報を流したのも、青門会の計画を知り、それを阻止するのが目的だったというわけだ。

犬井は、暴力団の目論《もくろ》みに利用されたということになる。

「黙れ。おれにとっては、マフィアも暴力団も同じだ」

「さすが、狂犬ですね。それで、捜し物は見つかりましたか？」

張本が、訳知り顔で言う。

「何のことだ？」

「あなたは人を捜している。違いますか？」

犬井は返事をしなかった。

あの事件のあと、申谷こと言わ猿は、忽然《こつぜん》と姿を消してしまった。今に至るも、その消息は摑めていない。

「今回の一件のお礼に、私どもが知っている情報を、お教えします。親父からも、そう言われていますので――」

「消えろ」

犬井は、吐き捨てるように言った。

「え？」

「お前らのやり方は分かっている。そうやって甘い言葉で近付き、骨の髄までしゃぶり尽くそうっていうんだろ」

「まさか。今回は、そういうつもりじゃありません」

「だとしても――だ。さっきも言ったが、おれにとっては、暴力団もマフィアも、そして窃盗犯も、等しく悪党だ。つるむ気はねぇ」

犬井は、吸いさしの煙草を床に落とし、靴で踏み潰《つぶ》した。

「悪党ですか――。ずいぶんと、古い言い回しですね。現代は、善と悪の境が曖昧《あいまい》なんです。だから、山猫のような男が現れるんです」

「それがどうした」

犬井は、きっと張本を睨《にら》んだ。

「………」

「おれは猟犬だ。追う相手が、正義だろうが、悪だろうが、知ったことか。そいつの事情もどうでもいい。ただ、地の果てまで追い詰めるだけだ」

「極端な人ですね」

「違うな。世の中にあるのは、白か黒かだけだ。お前らは、それに意味不明な言い訳をつけて、グレイになっているだけに過ぎん」

「…………」

「お前らの組も、いつか尻尾《しっぽ》を摑んで、潰してやるから覚悟しておけ」

犬井は、それだけ告げると、張本を押し退けて地下室を出た。

そのまま歩き去ろうとしたところで、携帯電話に着信があった。非通知だったが、犬井は電話に出た。

〈今回も、生き延びたようだな――〉

聞こえてきたのは、牧野大師の声だった。

前回と同じようにＩＣレコーダーなどで事前に録音したものを、拘置所の外にいる人間に頼んで、電話越しに再生させているのだろう。

〈だが、私は諦《あきら》めない。必ず、お前を追い詰めてやる〉

わざわざ手間暇をかけて、宣戦布告をしてくるとは――牧野の執念には、ほとほと呆《あき》れてしまう。

もしかしたら、犬井が山猫に協力するという選択をしたのは、深紅の虎との因縁に、自分と牧野を重ねていたからなのかもしれない。

今になって、その考えに思い至った。

「好きにしろ」

犬井は、その声が届いていないことを承知で口にした。

決意表明のようなものだ。何があろうと、犬井は自らの信念に従って、獲物を追い続ける。

それだけだ――。

3

勝村は、下北沢にある雑居ビルの二階の木製の扉の前に立った――。

かつてここは、山猫が隠れ家にしていた、〈ＳＴＲＡＹ　ＣＡＴ〉というバーだった場所だ。〈ＳＴＲＡＹ　ＣＡＴ〉という看板は、そのままだ。

扉を開けると、カランッと鐘が鳴る。

以前は、店内にはジャズが流れていたのだが、今は音楽はかかっていない。間接照明だった店内も、明るい照明に照らされ、観葉植物なども置かれている。

酒棚は書棚に変えられているが、カウンターやテーブルはそのままになっている。

だからと言って、バーとして営業しているわけではない。

勝村は、カウンターのスツールに腰掛けて、ふうっと長い息を吐く。

ここにこうして座っていると、無愛想な山猫が、メーカーズマークを出してくれそうな気がするが、そんなことはあり得ない。

山猫は、死んだのだ。

もし、あの現場を見ていなければ、どこかで生きている——と希望を持っていたかもしれないが、勝村は間近で山猫の死を見ているのだ。

何より、死体が見つかっているのだから、山猫の死は決定的だ。

——それでも。

ときどき、そんな風に考えてしまうのは、どうしてだろう?

勝村の思考を遮るように、カランと鐘が鳴った。

目を向けると、さくらが息を切らしながら入って来るところだった。

「どうだった?」

勝村が問うと、さくらは「もう、大変だったわよ」とぼやきながら、勝村の隣のスツールに腰掛けた。

相当に動き回ったのだろう。額に汗が浮かんでいる。

事件の後、勝村は出版社を解雇された。執行猶予付きとはいえ、罪を犯したのだから当然だ。今はさくらの仕事の手伝いをしている。

「何か飲む？」

「お願い」

「何がいい？」

「キンキンに冷えてたら、何でもいいわ」

「残念。冷蔵庫、まだ壊れてるんだよね」

「えー」

不満を露《あら》わにするさくらの声を受けつつ、勝村はカウンターの内側に入り、冷蔵庫の脇に置いてあるクーラーボックスを開けた。

三日ほど前に冷蔵庫が壊れてしまい、今のところ事務所を構えたばかりで、買い換える余裕がなく、クーラーボックスで代用している。

「本当に信じられないわよね」

さくらが、ポツリと口にした。

「何が？」

「山猫が死んだってこと。未だに、ときどき思うの。山猫は生きているんじゃないかって」

さくらの言葉が、勝村の胸の奥深くに突き刺さった。

ついさっきまで勝村も、同じことを考えていた。だが、それは願望に過ぎない。山猫は、もういないのだ。

「そう思いたいけど……あの状況じゃ……」

「本当にそうかな？」

「え？」

「山猫なら、あの状況すら予測済みだったとしても、不思議はないでしょ」

「そうかもね」

曖昧に返事をしながら、クーラーボックスの中のミネラルウォーターの入ったペットボトルに手をかけた。

ふと動きが止まる。

あの状況すら予測済みだった——というさくらの言葉が、何度も頭の中で繰り返された。

確かに、山猫なら、そう考えられなくもない。

これまで、現場を見ていることで、死んでいると思い込んでいたが、さくらのように、もしかしたら、生きていると思う方が幸せかもしれない。

そういえば、いつも山猫はそうだった。

常に相手の先を読み、どんな相手でも、飄々《ひょうひょう》と振る舞ってきた。あの事件にしてもそうだ。

最後、撃たれるまでは、完全に深紅の虎を翻弄《ほんろう》していた。

——あれ？

ペットボトルを手に取り、さくらに渡そうとしたところで、ふと思い出したことがあった。

倉庫での爆発のあと、細田がクーラーボックスをこのバーに持ち込んでいた。それも、人が入りそうなほど巨大なクーラーボックスだ。

——あの中身は何だったのだろう？

そういえば、倉庫で深紅の虎に撃たれたにもかかわらず、生き残ったのは、事前に深紅の虎の拳銃《けんじゅう》のアイアンサイトに細工していたからだと言っていた。

そのお陰で、弾丸が当たらずに済んだ——と。

だが、倉庫から脱出したとき、山猫は「防弾ベストだ」と言っていた。どうして、理由を変えたのか？

それだけではない。

深紅の虎は、あのとき、確かに撃たれた山猫の呼吸や脈を確認していた。山猫は、それを誤魔化す方法があると言っていたが、それは本当なのか？

企業秘密だ——と誤魔化したのも引っかかる。山猫なら、勝ち誇ったように種明かししそうなものだ。

それに、深紅の虎には別の理由を語ったのも納得できない。もちろん、動揺させる為だったのかもしれないが、それにしても不自然だ。

――ぼくの専門はハッキングなの。断じて肉体労働じゃない。

細田の言葉が思い返された。

あのとき、クーラーボックスを〈ＳＴＲＡＹ　ＣＡＴ〉に運び込んだのは細田で、そのとき彼が放った言葉だ。

細田は、他にも「こっちは危なく吹き飛ぶところだったんだぞ」とも言っていた。

あの言葉が意味するのは、細田があの現場にいた――ということだ。

だから何だ――と言われると言葉に詰まってしまう。

いや、そうではない。倉庫で、勝村の前に現れた山猫は、お面を被《かぶ》っていて顔が見えなかった。だが、それでも、接近して喋《しゃべ》ったときの口調や目つきに違和感があった。

おかしいことは、倉庫の一件だけではない。

地下室でのやり取りでも、今になってみると不可解な点が幾つかある。

山猫がお面を外したとき、深紅の虎は、その顔を見て「お前は、そんな顔だったか？」と口にした。倉庫で顔を確認したときは、そんなことひと言も言っていなかったのに――。

何より奇妙なのは、地下室での作戦に、里佳子や細田が加わらなかったことで、これも改めて考えてみると不可解だ。

あれだけの敵を相手にするのだ。里佳子と細田は、率先して参加しそうなものだ。何か、もっと重要な他の役割があったとは考えられないだろうか？

事件以降、二人は忽然と姿を消してしまったことも、そのことに起因しているのかもしれない。

次々と浮かぶ疑問が、やがて像を結び、勝村の中に一つの仮説が生まれた。

倉庫での一件のとき、山猫や細田の他に、もう一人いたとは考えられないだろうか？

その人物を仮にAとする。Aは、山猫のふりをして勝村の前に現れる。山猫と協力して、勝村を救出する作戦だったのだろう。

ところが、深紅の虎に撃ち殺されてしまった。

別のところに潜んでいた山猫は、深紅の虎が去ったあとに、勝村を救出して倉庫を脱出した。

Aは、倉庫の中で息絶えたのだ。

そして、そのAの死体をクーラーボックスに入れ、細田が〈STRAY CAT〉に運んだ。

地下室で、死体が発見されたが、その死体は山猫のものではなく、倉庫で死んだAのものではないのだろうか？

身許《みもと》確認の結果、中国マフィアだったマオの死体だということが分かったが、マオと山猫が同一人物だというのは、犬井が言わ猿から聞いた話を根拠にしている。甘言、虚言を操り、他人を意のままに動かす、言わ猿の話を真に受けていいのだろうか？

しかも、犬井を言わ猿の許に向かわせたのは、誰あろう里佳子だという話だ。マオ＝山猫だと思い込ませる為の、罠《わな》であった可能性が高い。

ふと、勝村の脳裏に一人の男の顔が浮かんだ。ビルドに忍び込んだ翌日、バーにいた怪し気な男――。あの男こそ、本物のマオだったのではないだろうか？

山猫は、今回の事件を利用し、倉庫で深紅の虎に殺されたマオを弔いつつ、彼の死体を利用し、自分を死んだと見せかけたという可能性はないか？

あくまで、憶測の域を出ないが、それでも――。

「何、ニヤニヤしてんの？」

さくらに声をかけられ、はっと我に返る。

今の仮説を口に出そうかと思ったが、結局、勝村はそれを呑《の》み込んだ。

真実なんて、どちらでもいい。かつて、山猫という男が、自分たちの前に存在したということこそが、大切な気がする。

それに、もし山猫が生きていたなら、そのうちふらっと戻って来るだろう。

あの調子外れの歌を歌いながら——。

「何でもないよ」

勝村は、苦笑いとともに首を振り、ペットボトルをさくらに差し出した。

「今、嘘吐いたでしょ」

さくらが、きっと睨んでくる。

あの事件以降、さくらは、勝村の言葉をいちいち疑ってかかる節がある。

「いや、別に嘘なんて……」

「まさか、浮気とか？」

「ち、違うよ」

「怪しい」

嫉妬《しっと》が滲《にじ》むさくらの顔は、急に幼くなった気がして、可愛らしかったが、何とか誤解を解いておかないと、大変なことになりそうだ。

とはいえ、言い訳が思いつかない。答えに窮しているときに、カウンターの上の電話が鳴った。

これは、思わぬ助け船だ。

「はい。ＳＴＲＡＹ　ＣＡＴ探偵社です」

勝村は、いつもより声を張りながら電話に出た——。

あとがき

『怪盗探偵山猫　深紅の虎』を読んで頂き、ありがとうございます。

単行本のあとがきで、本作をもってシリーズ完結と書きました。

電子マネーの普及が始まり、セキュリティー設備が飛躍的に進化したことで、昔ながらの怪盗の出番は無くなったと感じたことを完結の理由として挙げました。

それだけではなく、山猫が懲らしめるような悪も存在しなくなり、時代と作品がマッチしなくなってしまったと感じるようになったことも大きかったです。

今になって思えば、山猫は私自身の中にある義憤を具現化したものだったような気がします。

怒りを覚えるような社会悪がないと感じてしまったのです。

しかし——。

新型コロナウイルスの感染拡大により、社会は大きく変わってしまいました。

生活様式が変わったというのもありますが、それだけではないように感じます。

一致団結して感染拡大を抑えなければならないというのに、己の欲求を満たす為だけに、利権を貪《むさぼ》り、甘い汁を吸う連中がいる。そうしたニュースを目にする度に、強い義憤を覚えるようになりました。

それは、次第に今という時代だからこそ、山猫を書きたいという願望に変わっていきました。

という訳で、単行本のときに山猫シリーズの完結を謳《うた》ったのですが、ここでそれを覆します。

山猫は、近いうちに帰って来ます。

待て！　しかして期待せよ！

二〇二一年　春　　神永　学

本書は、二〇一九年九月に小社より刊行された
単行本を加筆修正のうえ、文庫化したものです。

怪《かい》盗《とう》探《たん》偵《てい》山《やま》猫《ねこ》

深紅《しんく》の虎《とら》

神《かみ》永《なが》 学《まなぶ》

令和３年 ６月25日　初版発行

発行者●堀内大示

発行●株式会社KADOKAWA
〒102-8177　東京都千代田区富士見2-13-3
電話　0570-002-301（ナビダイヤル）

角川文庫 22708

印刷所●株式会社暁印刷
製本所●株式会社ビルディング・ブックセンター

表紙画●和田三造

●お問い合わせ
https://www.kadokawa.co.jp/（「お問い合わせ」へお進みください）
※内容によっては、お答えできない場合があります。
※サポートは日本国内のみとさせていただきます。
※Japanese text only

ISBN 978-4-04-111236-6　C0193

JASRAC 出 2104302-101

◇◇◇

角川文庫発刊に際して

角川源義

第二次世界大戦の敗北は、軍事力の敗北であった以上に、私たちの若い文化力の敗退であった。私たちの文化が戦争に対して如何に無力であり、単なるあだ花に過ぎなかったかを、私たちは身を以て体験し痛感した。西洋近代文化の摂取にとって、明治以後八十年の歳月は決して短かすぎたとは言えない。にもかかわらず、近代文化の伝統を確立し、自由な批判と柔軟な良識に富む文化層として自らを形成することに私たちは失敗して来た。そしてこれは、各層への文化の普及滲透を任務とする出版人の責任でもあった。

一九四五年以来、私たちは再び振出しに戻り、第一歩から踏み出すことを余儀なくされた。これは大きな不幸ではあるが、反面、これまでの混沌・未熟・歪曲の中にあった我が国の文化に秩序と確たる基礎を齎らすためには絶好の機会でもある。角川書店は、このような祖国の文化的危機にあたり、微力をも顧みず再建の礎石たるべき抱負と決意とをもって出発したが、ここに創立以来の念願を果すべく角川文庫を発刊する。これまで刊行されたあらゆる全集叢書文庫類の長所と短所とを検討し、古今東西の不朽の典籍を、良心的編集のもとに、廉価に、そして書架にふさわしい美本として、多くのひとびとに提供しようとする。しかし私たちは徒らに百科全書的な知識のジレッタントを作ることを目的とせず、あくまで祖国の文化に秩序と再建への道を示し、この文庫を角川書店の栄ある事業として、今後永久に継続発展せしめ、学芸と教養との殿堂として大成せんことを期したい。多くの読書子の愛情ある忠言と支持とによって、この希望と抱負とを完遂せしめられんことを願う。

一九四九年五月三日